スティーヴン・ハンター／著
染田屋茂／訳

フロント・サイト 1
シティ・オブ・ミート
Front Sight

扶桑社ミステリー
1695

フラニーとアリス、
それに、新参者のハンク──
この世にやって来たラインバッカーへ！

道具が必要なのよ。
──レイモンド・チャンドラー『リトル・シスター』より

読者のみなさまへ

本文中には、食肉処理場における労働状況の描写が出てきますが、本作品がアメリカの一九三〇年代を舞台とした小説であり、当時の時代・社会意識を反映させた内容であること、および、アメリカでは日本とは異なる文脈で食肉産業が捉えられている点を踏まえて、できるかぎり原文に忠実に訳出することを心掛けました。

日本では「屠畜」に関しては、社会的誤解と偏見に基づき、歴史的にもいわれなき差別を受け続けてきました。現在でも、屠畜に携わる人々は様々な差別に苦しめられています。二〇一九年四月に施行された東京都国立市の「国立市人権を尊重し多様性を認め合う平和なまちづくり基本条例」の第2条（基本原則）には「全ての人は、人種、皮膚の色、民族、国籍、信条、性別、性的指向、性自認、しょうがい、疾病、職業、年齢、被差別部落出身その他経歴等にかかわらず、一人一人がかけがえのない存在であると認められ、個人として尊重されなければならない」と書かれています。条文中に「……被差別部落出身その他経歴等にかかわらず……」と明記された画期的な条例です。しかしながら、明記せざるを得ないということ自体、被差別部落出身者に対する差別が、現在でも根強く、連綿と続いていることの証左でもあります。

全国と場・食肉市場労組連絡協議会が「と場差別図書確認会」にあたって配布したビラに次のような一節があります。「……私達の知らない所で『私達の仕事場は人殺しの場』になり、『私達は恐ろしい残虐非道な人間』となってしまうという事態が、こうした差別図書を通して次々と生み出されています。私達が『黙っていればいずれ無くなる』とおとなしくしていても、私達とは関係無いところで、何百何千万という読者に、空気を吸うがごとく、と場差別が植え付けられ、再生産されているのです。（略・原文ママ）」

弊社は食肉処理に関する社会的偏見に与するものではありません。読者のみなさまにおかれましても、食肉処理場および労働者への社会的偏見と差別が、日本ではいまなお払拭されていないことについて、充分な理解を持たれたうえでお読みいただくことを強くお願いするものです。合わせて、より良い人権社会へと続く道を、読者のみなさまと共有したいと考えています。

編集部

フロント・サイト 1

シティ・オブ・ミート

著者の覚書

一九三〇年代、ニューヨークの雑誌『ニュー・マッシズ』のオフィスでは、トロツキー・メガネをかけて深遠な思想をめぐらせる者たちが、メディアを全部〝社会主義リアリズム〟と呼んでいた。彼らはそれを、資本主義を破壊するための新たな攻城兵器であり、党の義務だと考えていた。だが、アメリカ人は説教ではなく、物語を求めていた。くどくど説明するな、さっさと見せろ、というわけだ。その頃、大衆の気分を読むのが巧みで、頭の回転が速い人々であふれていたハリウッドは、すぐに要領をつかんだ。このジャンルの映画を〝メッセージ映画〟と呼んだのだ。それは、ドラマ性、演技、撮影手法を使って、不具合の生じた一部の制度や庶民を押しつぶす構造に厳しい目を向けることはあっても、あくまでも〝メッセージよりも映画〟を約束するものだった。大物プロデューサーたちは、「メッセージが欲しいときは、ウエスタン・ユニオンに頼むさ！」と言って、それを嫌った。だが、作家や監督が粘り勝ちして、ときには偉大な作品が生まれることもあった。一九三二年の『仮面の米国』、一九三三年の『家なき少年群』、一九四〇年の『怒りの葡萄《ぶどう》』などだ。こうした映画は深みがあり、進歩的でありながら説教臭《くさ》くなく、率直で装飾を排し、深く心を打つものだった。本書はその輝かしい伝統に挑む作品である。

登場人物

チャールズ・F・スワガー —— 司法省捜査局捜査官
シルヴェスター・ワシントン —— シカゴ市警察の黒人刑事
サディアス・ニュージェント —— 精肉会社の経営者
オスカー・ベントリー —— サディアスの腹心の部下
ハリソン・B・ハリス —— 地方から来たカウボーイ
ジョージ・ロバーツ —— ストックヤードの元労働者
ジョン・J・ジョンソン・ジュニア – 葬儀屋
ビリー・ザ・ハット —— ギャンブル愛好家
ラルフ・ヒューズ —— 歯科医
クロード・ティビッツ —— 獣医師
マゼラン博士 —— 医療製薬用品会社のオーナー
チャーリー・オリヴァー —— 食品医薬品局の捜査官
ヒュー・クレッグ —— 司法省捜査局シカゴ支局長代理
マルルーニー —— ストックヤードの警備隊本部長

シカゴ、1934年

1

シカゴ支局内の論争があまりにもひどくなり、ついに捜査局長はサム・カウリーとメル・パーヴィス両名をワシントンに呼び出した。司法省の花形部署である捜査局内の、成果は出しているが問題も山積するシカゴ支局の指揮系統について話し合うためだった。局長の指示のもと、腹を割って話をすることになった。噂《うわさ》では、局長はメルヴィンともじっくり話したいと考えていたらしい。メルヴィンを失いたくはないが――何と言っても、非公認とはいえデリンジャーを逮捕した人物として知られていた――かといって、彼が無許可で記者会見を開いて情報をリークしたり、支局全体の功績を独り占めしたりするのも避けたかった。

チャールズ・スワガーには、どれも関わりのないことだった。注目されないことにも、デリンジャーを本当に殺した男として当然の名声を得られないことにも、恨みなど少しも持っていなかった。ただ自分の仕事をこなしただけだ。黙々と職務をこなし、特に新人捜査官に銃器の扱いを教え、彼らの才能、スキル、献身度を見極めることに力を注いだ。そうすることで、支局は最高の射撃手を銃撃戦に送り込めたし、トンプソン・サブマシンガンを撃ったことのない者がトンプソンの達人であるベビーフェイス・ネルソンと対峙《たいじ》するような事態も避けられた。スワガーはまた、ほかの若い捜査官と同様、奇妙な情報の真偽を調べたり、目撃情報を追跡したりして長時間働いた。

サムが不在のあいだ、ヒュー・クレッグが代理を務めたが、これもまたスワガーには関係のないことだった。誰の指示だろうと、目の前の仕事をこなすだけだ。彼の関心は、目の前の任務――最終的にはベビーフェイスを見つけ出すこと――だけに向けられており、それだけが頭を占めていた。その任務が、人を殺したことのある者なら誰でも覚えのある鬱々《うつうつ》とした気分や痛みを伴う記憶を追い払ってくれた。

ところが、ある日の午後、クレッグの部下がスワガーの席に来て、局長が会いたがっていると伝えた。

スワガーは、クレッグに非難の口実を与えないためにただちに出向いた。なにしろ相手は、サムではなくメルの部下だから、摩擦や問題を生じさせたくなかった。ところが会ってみると、クレッグはいやに聞き分けがよかった。彼もまた、この険悪な雰囲気を少しでも和らげたいと思っていたのだろうか。

「座ってくれ、保安官。ちょっとした問題が起きてね」

「わかりました」と、スワガーは言った。

クレッグは、南部上流階級の気風が染みついていることを隠そうとしても隠せなかった。それが自然な振る舞いなのだ。むろん彼は生粋の南部人だが、同じ南部人のスワガーとのあいだには、旧南部と新南部、ジョージア州とアーカンソー州という埋められない溝があった。たがいに猜疑心《さいぎしん》を抱き、一方は相手の軟弱さや貴族趣味、長広舌を、もう一方は相手が貧しい農場の出であること、血統ではなく実力で出世してきたことを嫌悪していた。それが彼らの現状であり、今後も決して変わらないだろう。

「三つの情報源から、ベビーフェイス・ネルソンがシカゴの食肉加工地区《ユニオン・ストックヤード》でカウボーイをしているという報告が届いている」

「そうですか」

「そういう報告はこれが初めてではない。過去に二度、同じ内容の情報がいくつか同時に届いたことがある。一度目はリトル・ボヘミア事件（ウィスコンシン州北部にあるロッジの名称で、そこで行われたデリンジャーと捜査局の銃撃戦のことを指す）の直後で、もう一度はその二カ月前の二月だった。どちらのときも、大量の重武装部隊を送り込んで徹底的に捜索し、数軒のドアを蹴破《けやぶ》って容疑者を逮捕し、厳しい尋問を行ったが何も見つからなかった。ユニオン・ストックヤードと輸送《トランジット・》警備隊《カンパニー・ポリス》が騒ぎ立て、市長からも抗議を受け、新聞でもひどく批判された」

「はい」

「デリンジャー事件以来、報道はおおむねわれわれに好意的だ。この状況を維持するのが、われわれの利益にかなうと思う」

「はい」

「だから、前みたいな急襲をかけるつもりはない。新聞に物笑いやあざけりのタネを与えないためにも」

「わかります」

「同じ理由で、ふだんどおりに捜査官を二人送り出すこともしない。君には、私が何を言おうとしているのかわかるかね?」

「おそらく」

「一人で仕事をするとなれば、これまでの実績から見て、君ほど向いている者はほかにいない。君なら、バックアップする人間は必要なさそうだ。むろん、ほかの者はそれぞれ仕事を抱えているんでね」

スワガーには、ベビーフェイス・ネルソンがストックヤードにいるとはとても思えなかった。あそこは目撃される危険が高く、銃を持つ者も、その扱いに慣れた者も大勢いる。ほかの家畜置き場と同じなら、泥や糞《ふん》も大量にあるだろう。ネルソンのような洒落《しゃれ》男が、ピカピカのフローシャイムの靴をそんな汚物に突っ込むはずがない。

「そこで君にしてほしいのは、現場に行って嗅《か》ぎまわることだ。何かつかめないか探ってみてくれ。もしネルソンがそこにいるなら、何かしら噂があるはずだ。君のアーカンソー訛《なま》りがあれば溶け込めるし、上品な指とボストン訛りのやわな法科大学出よりも目立たないだろう」

「ラフな格好で行ったほうがいいのですか？」

「完全にカウボーイになる必要はない。だが、牛が大量に産み出すもののことは知ってるはずだから、作業靴か長靴を履いていくといい。ネクタイは目立って、牧童たちに警戒されるから締めるな。ただし、誰かにしつこく問い詰められたら、ためらわずにバッジを見せること。と言っても、テーブルのうえに立って、協力を呼びかけるような真似《まね》はしないほうがいいと思う。何かあっても、君なら対処できるはずだ。それがベビーフェイス本人のことだろうと、牝豚が四つ子を産むのを手伝うことだろうと」

「わかりました」

「彼らが君を信頼し、君がこの件の真偽を突き止めるには、数日、あるいは一週間はかかるかもしれない。それは構わないが、君の銃の腕前が必要になる事態が発生したらもちろん連絡する。すでに連絡済みだが、ストックヤードの近くにある第四管区分署には、君がそこにいることを伝え、交換台に対応してもらえるようにしておく。また、輸送警備隊のマルルーニー本部長にはすでに、君の訪問を伝えて、必要な場合の協力を依頼しておいた。これは前回の混乱の埋め合わせの意味もあるので、輸送警備隊の捜査官とはうまくやってほしい」

「わかりました」

「念のために言っておくが、彼らはあまり協力的ではない。ほとんどが怪しい商売で職をしくじり、ユニオン・ストックヤード・アンド・トランジット社に拾われた元警官だ。基本的にニューヨークの大物以外の人間の言うことには従わないし、態度が高圧的だ。荒っぽい人間が多い。おもに放浪者《ホーボー》や泥棒を相手にしているのでな。どんな問題でも、警棒で殴りつければ解決すると思っている」

「わかりました」

「最終的には、記録に残すための報告書が欲しい。もしあとで、ベビーフェイスが本当にあそこに潜伏していたことがおおやけになったら、われわれがすべての報告を真剣に受け止めていたことを証明する必要がある」

「わかりました」

「言うまでもないが、もし大当たりだったら、その場で殺すか、こちらに応援を要請して、捜査局の手柄にするように。シカゴ市警や輸送警備隊の手は借りるな」

これが捜査局だ。犯罪を解決するのは当然だが、それは始まりにすぎない。その次の優先事項は、広報合戦に勝つことなのだ。

2

彼らにはどうしてわかるのだろう？　何とも不思議だ。空気中を漂う血液の分子が鼻腔《びこう》に入りこみ、知性とは縁遠い小脳の原始的な細胞群をくすぐるのか。あるいは、何千世代にもわたって従順に処刑を待つあいだに自然に身についた純粋な本能が、世代を超えて受け継がれているのか。もしかしたら、自分たちの番をする人間の動きがどこかいつもと違うのに気づいたとも考えられる。普段なら家畜置き場の囲いのなかで恐怖を鎮めようとするのに、いまは先へ進めと急《せ》かし、特定の方向、特定の牛追い道、狭い誘導路へと押し込もうとしている——その意図を感じ取ったのかもしれない。彼らも、大量の死の気配に包まれた人間の汗と恐怖を感じるすべを学んだのかもしれない。

鳴き声は聞こえない。鳴くのは乳牛だけなのだが、シカゴのエクスチェンジ・アヴェニュー44番地にあるニュージェンツ・ベストビーフ——シチュー、チリハンバーグ、ハッシュドビーフ、グレービーソース等々、あらゆる高級缶詰肉（〝メタンを除く〟）を取りそろえてご提供――の誘導路には、今日、その姿はない。乳牛は子牛と乳製品を生産するために飼育されている。ここもそうだが、どの誘導路を見ても、いるのは黙々と歩く去勢された牡牛と牝牛だけだ。もし彼らが夢を見るのなら、きっとそれは牛としての暮らし――クローバーやデイジーに囲まれて昼寝をし、春の空気の甘さを嗅ぎ、怒りや焦りで上ずった声などとは無縁な場所で乳を搾られている夢だろう。彼らはみんな肉牛だ。暴れ、もがき、しょっちゅう角で突っかかる。ときにはすべって足を折り、いつもの作業の流れが全部狂ってしまうこともある。彼らは部品だ。だが、無感覚ではない。彼らは悲鳴を上げる。

悲鳴――どんな惨事が迫っているかを完全に理解した者の憤怒《ふんぬ》と恐怖に満ちた絶叫――があちこちで上がり、混ざり合う。それを聞けば、その日が、ここで暮らしていた動物たちが何十ポンドかの牛肉に変わる日であることは誰でも理解できる。興奮状態は理想的とは言い難いが、アーマーやスウィフトといった大企業の工業化された効率性とはほど遠い、ニュージェンツなどの小規模食肉加工会社にとって、それが死の現実である。大手企業は、動物を落ち着かせてから処理するほうが商売的にはるかに有利であるのを心得ている。ニュージェンツのような騒然とした雰囲気は、牛たちの血を沸き立たせ、肉を黒ずませ、乳酸の放出を妨げる。そうして生産された〝暗色《ダーク》肉《カッター》〟と呼ばれる肉は硬く、風味も劣り、大幅なディスカウント価格で売らざるを得ない。

死へ向かう傾斜した誘導路には、どれも二歳から三歳の牡牛と牝牛が無作為に入り交じっている。ここでは性別や年齢で分類しない。牛がどれほどの意識を持っているかは知らないが、おたがいに一緒にいる牛を〝メンバー〟としか見ていない。無意味な存在だ。むろん、友だちでも敵でもない、群れの一部にすぎない。抱擁《ほうよう》も、前戯も、性交もなし。牡牛は生まれたとたんに去勢され、牝牛も種付けされたことがないから、どちらも童貞・処女のまま死んでいく。それを悲劇と受け止める想像力の持ち主もいるかもしれないが、牛たちに言わせれば、牧草地で自由に跳ねまわれないほうがよほど悲劇ということになるだろう。

牛たちは従業員のわめき声や棍棒《こんぼう》、ベルトによる命令に従って、押し合いへし合いしながら誘導路を上っていく。従業員は整然と進ませようとするが、そうさせるだけの力はない。誘導路は次第に狭くなり、処理場へと続く頂上部は一頭通るだけの幅しかない。牡牛も牝牛も身を縮めるようにして通り抜ける。そのとたん、床から立ち上がっている機械仕掛けの軛《くびき》に首をがっちりはさまれているのに気がつく。体格に大きな差があるので、軛にぴったりの首もあれば、太すぎて窒息しかけたり、細すぎてのたうちまわったりすることもある。

これこそまさに、今際《いまわ》の際《きわ》だ。さまざまに拘束された状態で、殺しの一撃が加わるのを待ち受ける。軛は事を残酷にするために作られたものではないが、残酷になることもある。また、優しくするために作られたものでもないが、ときに優しくなることもある。日々何千頭もの牛を処理するこうした場所では、何より効率性が優先される。

優秀な作業員を見つけるのは容易ではない。二の腕と手首だけでなく、胸部や背中にも大変な力強さが必要だ。だが、力だけでは十分でない。器用さと、目と手の高度な協調関係も持っていなければならない。六十センチの木製の柄に付いた二キロの重さがある鉄の塊《かたまり》を頭上高く振り上げ、腕をいっぱいに伸ばしたまま、全力で完璧《かんぺき》な位置に何度も何度も振り下ろすのは容易な技ではない。狙《ねら》いは、左目と右角、左角と右目を結ぶ仮想の線の交点だ。両目のあいだではなく、その少しうえに想定されたこの交点に注ぎ込まれた力は全部、そのまま脳の中枢に送られ、牛の頭脳の（そんなものがあるとして）精神機能を完全に破壊する。理想どおりの一撃が成功すれば、牛の身体は床に激しく叩《たた》きつけられる。そこへ処理係が素早く駆け寄り、かがみ込んで、鋭利なナイフで牛の喉《のど》を一気に切り裂いて頸静脈《けいじょうみゃく》と動脈を断ち切り、大量の血を噴出させる。さらに、別の係も加わる。彼らもまた力の強さと効率性で知られており、その仕事は文字どおり牛の胴体を食肉、革、鶏用飼料に加工しやすい姿勢に組み伏せることだ。それがすむと胴体を持ち上げて、右後ろ脚のアキレス腱《けん》とくるぶしの骨のあいだにフックを打ち込み、あとは機械による加工にまかせる。フックにぶら下がった胴体は、ボールベアリング、チェーン、レール、グリースの力によって中継点から別の中継点へと移動させられ、そこで重力に助けられながら血抜きされ、次に首を切断され、内臓が除去される。食用に適さない部位は下で受け止められて回収され、洗われてから鉄板のうえで乾かされ、細かく砕かれて、すぐ隣にある有機肥料会社に一トン数ペニーで売り払われる。胴体のほうは最後に真っ二つにされて、半身それぞれにフックが掛けられ、ベルトで運ばれる。もはや牛ではなく牛の半分となり、複数形で〝牛片たち〟と呼ばれる。半身以外は、残らず皮剥《は》ぎ、洗浄、整形、冷却、最終的な解体、熟成庫への移動という工程をたどって姿を消す。

むろん、作業員の一撃が外れることもある。牛はすぐに静かにはならず、生きたまま吊《つ》り下げられて血を抜かれても、鳴き叫び、うめき、暴れる。血や糞尿を飛び散らせたり、痙攣《けいれん》を起こしたり、のたうちまわったりする。やがて血も涸《か》れ、撒《ま》き散らす糞や尿がなくなると、ようやく痛みから解放される。一九三四年当時、どこの食肉処理場であろうと、そんな光景に目をくれる者は一人もいなかった。誰一人、見向きもしなかった。

3

その午後、薄暮が迫る頃に広大なユニオン・ストックヤードに到着した。ループの南西へ一・五キロ、ハルステッド通りをまっすぐ下ったところだ。四十一番街を越えて右折すると、十九世紀に誰かが洒落たつもりで建てた、滑稽《こっけい》な模造城門にまっすぐつながっていた。ゲートをくぐり抜けるのは、いまでも大半が馬の背にまたがった者か、言うことをきかない家畜の群れを連れた者だが、道路はスワガーの乗る車を楽々と受け入れたので、エクスチェンジ・アヴェニューと名づけられた通りを快調に走った。まもなく彼は、足を踏み入れたいとはとうてい思えない場所に自分がいることに気づいた。無人地帯《ノーマンズ・ランド》だ。破壊力という点で、火は戦争のいとこにあたり、一九三四年五月の大火は少なくとも八十の建物を灰と塵《ちり》に変えていた。レストラン、ホテル、新聞社、銀行、オフィスビル、そして食肉加工場が、まるでドイツの榴弾《りゅうだん》砲を続けざまに浴びたように効率的に焼き尽くされた。ほとんどが空き地になっており、ところどころに材木が立っていたり、壁が一、二枚残っていたりするだけだった。それでもスワガーは足を止めずに前へ進み、炎が達しなかった開けた場所へ向かった。そこはそこで、これまた途方もない光景だった。むろん果てがないわけはないが、そう思えるほど広大で、白く無機質で、秘密を抱えたまま綿密な調査が行われるのを待っているかのようだ。それは知性の重みを持たない空虚さであり、いまだに何にも分類されていないものの隠喩《いんゆ》のような存在だった。エクスチェンジ・アヴェニューの先に、さまざまな光が集まった場所が見えた。おそらく、火事のあとも業務を継続するために、必要な管理機能を備えた仮の本部が設置されたのだろう。

そのとき、顔をひっぱたかれるような強烈な臭《にお》いに襲われた。この場所特有の牛の臭いで、厚ぼったく、粘り気さえ感じられるほどだった。消化器官を全部通過してから、土壌に排出されたねばねばした物体、群れを生き延びさせた何トンもの草や干し草や飼料、牛たちの渇きを癒やしたシカゴ川の汚れた水――それらすべての臭いが混ざり合っている。そこに、火事の焦げくさい臭いがかすかに混ざり、そのうえに、一度気づいたら決して逃れられない血の臭いが漂っている。処理が最高の効率で行われると、血が床に数センチの深さで溜《た》まると言われる。血の臭いは決して消えることがない。

スワガーは、いよいよ町のなかへと足を踏み入れた。外見からはほかのどんな町とも変わりないように見えた。産業建築の迷路が、統一感や整合性を考慮せずにその場しのぎで組み立てられていた。それは、過去の建物の残骸《ざんがい》とも言えるし、行く末の姿を見せているとも言えた。エクスチェンジ・アヴェニューを少し行ったところに、以前はおそらく食肉加工場だったのだろうが、いまは外に〈ユニオン・ストックヤード・アンド・トランジット社警備隊〉と書かれた粗末《そまつ》な看板が掲げられた建物があった。

車を停め、降りてなかに入ると、そこはまさに市警分署をそっくり持ってきたかのような様相だった。使い古した家具、散らかり放題のデスク、留置場や電話機のありかを示す表示、壁にずらりと並んだ指名手配犯の顔写真。写真の男たちのどんよりした表情が犯罪者や酔っ払い、強盗被害者に共通する雰囲気を漂わせている。新しい本部を、こんなに早く昔の本部の複製にしてしまう警官たちには驚くしかない。

時間が遅かったから、働いている職員は少なかったが、スワガーがバッジを見せると、一人が問い合わせをしてから隊長室に案内した。そこにいたのが、警備隊を仕切るマルルーニー本部長だった。酒焼けした鼻と黄ばんだ歯を持つ、がっちりした身体つきの実務家タイプで、無表情な目と顔つき、たくましい筋肉とそれを利用する意思を隠さない体格は、根っからの警官であることを示していた。ユニオン・ストックヤード・アンド・トランジット社の警備隊員は上流階級の人々に制服姿で接する必要がないので、彼も制服ではなく、高級幹部用のスーツとネクタイを身に着けていた。それなりの地位に就いた者は、バッジをつけた農夫には見えないような服装を心がけているらしい。

スワガーが訪問の理由を説明すると、隊長は、「また、ベビーフェイスか？」と鼻を鳴らした。「まあ、今回は少なくとも機動隊を連れて来なかったし、来ることを事前に知らせてきたな」

「いくらか学習したのかもしれませんね、マルルーニー本部長」

「そう願うよ。言うまでもなく、われわれはここで働く全従業員のリストは持っていない。みんな個々に、われわれから処理場と隣接する家畜置き場を借りている会社に雇われているんだ。だから、頼まれても書類の確認はできない。おまけに、火事のために混乱をきわめている。いまだに、行き当たりばったりに仕事を進めていくしかない状態なんだ」

「それはわかっています」

「だが、さっきも言ったように、前にも同じことがあった」

「報告書は見ました」

「それならいい。あとになってわかったことだが、ネルソンの目撃情報は全部、ストックヤードの特定のエリアから来たものだった。こんなに広大な場所なのにな。ほら、これを見てくれ」

本部長は壁の地図を示してみせた。巨大な地図は碁盤目に区分されており、その四分の三の区画は鉄道線路を表す細かい平行線で囲まれるか、貫かれていた。それぞれの区画に符号が振られ、異なる色に塗り分けられている。火事で廃墟《はいきょ》になった地域――全体の四分の一ほどで、北西の角全体を占めている――には、黒いクレヨンで×印が付いていた。

「スウィフトは赤、アーマーは青、ハモンドはオレンジ、モリスは黄色、といった具合だ。火事でだいぶ損害があったが、かなり複雑だから、闇雲《やみくも》に探しても見つかるものではない」

「どんな助けでもありがたい」

「前は二度とも、おもにオクラホマや西テキサスからの線路が入っている南西の区画だった。注意しておくが、あそこには頑固で部外者を嫌う連中が数多くいるから、両手を広げて迎えてくれることはまずないだろうよ」

「そういうことには慣れてますので」

「もし面倒なことになっても、一人で解決するしかないぞ。私の部下の大半はいま、列車で放浪者《ホーボー》や泥棒に目を光らせている。それもかなり荒っぽい仕事で、たくさん頭をぶん殴らなければならないんだが、人手が不足していて分署に電話しても応援を送ってもらえない。悪いが、そんな状況なんでね」

「俺も長年、保安官をしていた。一人で事を処理するのは慣れてますよ」

「ところで、もし焼け跡を掘り返している者がいるのを見ても、心配しないでくれ。うちの人間だ。火事で焼け落ちる前に、金持ちのユダヤ人が自前の掟に適《コーシャ》した食肉処理場の地下に黄金《きん》を埋めたという噂が流れたのを、うちの連中も聞きつけてね。黄金《きん》の話を聞いたアイルランド人がどうなるか、知ってるだろう。あいつら、暇さえあればあのへんを嗅ぎまわってるんだ」

「私のお宝は、ベビーフェイスだけです」

「よし、クラッカーに馬車で案内させるよ。少なくとも、行けるところまで連れて行かせる。足をすべらせたり、バランスを崩したりしないように十分注意してくれ。家畜置き場は危険な場所だからな。牛どもは一瞬で人殺しに変身してしまう」

「俺も農場育ちです。動物との距離の取り方はわかっている」

数分後、スワガーはクラッカーという名の年配の黒人と並んで馬車に座っていた。黒人はひと言も話しかけてこないばかりか、二人でいることを忘れているかのようだった。やる気のない老いたポニーが小さな荷馬車を引いており、クラッカーがときおり脇腹《わきばら》に鞭《むち》を振るうとゆっくり歩き続けた。〝哀れなやつ〟としか言いようのないポニーは、優しさのかけらもないクラッカーの指示のもと、荷馬車を右に引っ張り、管理棟をあとにして家畜置き場の囲いへ入った。自動車とは違って何の覆いもなかったから、強烈な臭いがまともに襲いかかってきた。臭いはまるで触知できる雲みたいに二重三重に層を成し、気象現象のように涙腺《るいせん》を刺激した。それはいたるところに存在し、逃げ場がなかった。さらに悪いことに、悪臭が食料の存在を知らしめて何十億匹ものハエを呼び寄せていた。そのうえ葉の落ちた木々の枝には、牛肉の断片や脚、目などの残骸を鵜《う》の目鷹《たか》の目で探し求める腐肉漁《あさ》りの鳥たちの姿もあった。

別の囲いに入った。スワガーは、地球上の牛の首都とも言えるここの、特徴のない風景のなかで迷子になりそうな気がした。牛のいる囲いが、見渡すかぎり四方八方へ地平線まで広がって、果てのない格子縞《じま》を形づくっている。だがその広がりは一次元ではなかった。そこに深さと混乱を与えているのが、自動車用の高架橋、人間のための歩道、処理場へのスロープであり、ほとんどのフェンスの最上部の板には狭い通路が設けられていて、危険な密閉空間に足を踏み入れることなく、別の囲いに――注意さえすれば――移動できるようになっていた。一キロか二キロほどのところに街の高層ビル群が威圧的にそびえて一つの方角を支配し、東側には巨大な精肉工場が産業の力を誇示するように立ち並び、アーマー社の煙突が煙を吐き出していたが、それ以外の工場からは煙は出ておらず、貧困地区の工場の低い輪郭が見えるだけだった。周囲に目印になるものはほとんどなく、フェンスの向こうで牛たちが落ち着きなく身じろぎしながら低いうめき声を上げて、死ぬべき時を待っていた。フェンスに近づくと、うめき声が大きくなった。馬車がときおりくぐる高架橋のうえを自動車が走っているのが見えた。一・五キロ四方もある家畜置き場の混沌《こんとん》のなかを、車で通り抜けることは誰にもできなかったからだ。

クラッカーが哀れなポニーの手綱《たづな》を容赦なく引いて馬車を止めるまで何時間も過ぎたように思えたが、時計を見ると十五分しかたっていなかった。老人は、家畜置き場の囲いをいくつかまたいで続いている通路に上る木製の階段を手で示した。

「本部長は、ここで降ろせと言ってましたよ」と、クラッカーは言った。

「あの通路を行けばいいのかね？」

「そうです。カウボーイはシャワー室に集まってますよ」

「帰りはどうすればいい？」

「オフィスのボスに電話をくれれば、誰かが俺に知らせに来るだろうから、迎えに来ますよ」

「わかった。どれくらいかかるかわからない。もし電話がなくても気にしないでくれ。あの道に戻れれば、あとはお城まで歩いて帰れる」

「ようがす」

スワガーは老人に二ドルを渡すと、馬車を降りて階段を上り、長い空中通路を歩き出した。木造の通路はしっかりしているように見えたが、歩くと少し傾いたり揺れたりした。手すりはもっと頑丈なほうが安心だったが、危険というほどでもない。牛たちの小さな楽園のうえを通過しても、彼らはまったく注意を払わなかった。何も意に介していないらしい。

通路は六つの囲いをまたいでおり、囲いは一つを除くとすべて牛で埋まっていた。スワガーは木造の仮設建物の前にある広くて埃《ほこり》っぽい庭に出た。枠に板を雑に打ちつけただけの建物は西部開拓時代を思わせた。その板壁には、奇妙なカウボーイ風の焼き印（曲線、鏡文字、絵文字、象徴的なもの、判読不能なもの）がでたらめに押されている。何もかもが馬鹿《ばか》げて見えた。一本の煙突から煙が出ていたが、おそらく火で建物内の水を温めているのだろう。〝シャワー五セント〟と書かれた看板が見えた。まるで、一八七三年のダッジシティかラレドに戻ったようだ。あちこちに、くつろいでいるカウボーイの姿があった。牛の移動を終え、近くのバーに向かう前にシャワーを浴びようと待つ者もいれば、すでにシャワーを浴び終えて、徒党を組んで夜の街へと繰り出そうと集まっている者もいた。

スワガーは一番近くの集団に近づいた。そろいもそろって、何週間も太陽と埃にさらされて赤茶色に日焼けした痩《や》せた若者で、軟骨と皮膚と綿のバンダナを寄せ集めた身体に、いやに天辺《てっぺん》が高くて、つばの広すぎる帽子をきちんとかぶせたような姿をしていた。彼らが注いできた視線には好意などかけらもなかった。スワガーはよそ者であり、彼らはそれを知っていて、スワガーにもそのことを知らせようとしていた。

「やあ」と言って、スワガーは上着の折り返しを開き、裏側に留めてあるバッジを見せた。「司法省の連邦捜査官だ。ある男を探している。写真があるんだが、見てくれないか?」

「あんた一人で逮捕するつもりかい、連邦捜査官?」と、誰かがかすかに緊張を感じさせる声で尋ねた。

「できれば、そうしたいね」と、スワガーは微笑《ほほえ》みながら言った。「だが、もしおとなしく言うことを聞かなければ、撃たなきゃならんだろうな。まだ、撃つのは左目か右目か決めていないがね」

　彼は上着の前を開いて、S・D・マイレスのショルダーホルスターに挿した四五口径を見せた。ホルスターはベルトに固定し、拳銃《けんじゅう》は撃鉄を起こして安全装置をかけ《コック・アンド・ロック》、ストラップは外してあった。それは本気であること、いつでも人を殺せることを意味し、若者たちもその意味に気づいたのは間違いない。彼らはこれまでにも人殺しを見てきたし、ガンマンでなければガンマンのような服装はしないし、もし相手がガンマンなら関わるべきではないと理解していた。それが西部の掟《おきて》だった。

　写真が回覧され、みんな真剣に見入っていたが、人狩り人《マンハンター》には幸運をもたらすことなく戻ってきた。

「ありがとう、みんな」

「ジョニー・デリンジャーが背中を撃たれたって聞いたぜ」

「変だな、俺が聞いた話じゃ、やつがコルト三八〇を抜いたとたん、ワッとわめく間もなく三発ぶち込まれたって言うぜ。ジョニーも速かったが、その捜査官のほうがもっと速かった。そんなやつと早撃ちの勝負なんかするべきじゃないな」と言って、スワガーはまたにやりとした。表情に臆《おく》するところはまったくなく、そんな図太い態度を取れるのは何度も銃撃戦の修羅場をくぐった経験があるからだと、全員に思い知らせた。

スワガーはグループを一つずつ当たり、シャワー室を管理している老人や、薪《まき》を割って湯を沸かす炉にくべている老人にもネルソンの写真を見せたが、収穫はなかった。どうやら無駄足だったらしいとあきらめかけたとき、一人の男が、「ここから二つ向こうの囲いに行ってみたらどうだい。ロッキングRと呼ばれる西テキサスの男たちがいる。あいつら、お高くとまって庶民とは付き合わないようだが、試してみても損はないかもしれないぜ」と言った。

「ありがとう、カウボーイ。やってみるよ」

別の通路を通って三つの囲いを進んだが、すでに暗くなっており、牛たちも落ち着いていたので、まるで幽霊船への道板を渡っているような感じがした。やがて焚《た》き火で照らされた広い場所に着くと、そこにもカウボーイが群れているのが見えた。闇のなかにいるスワガーに気づいた者はいないようだった。焚き火のそばで目を光らせている連中を脅かしたくなかったので、彼は、「保安官だ、入るぞ」と大声で怒鳴った。焚き火に赤く照らされた、二十人ほどの若者のうつろな顔がいっせいに彼のほうを向いた。

「司法省の連邦捜査官だ。責任者はいるか？」

ほとんど脚と腕だけのような、ひょろりとした男が近づいてきた。ベストとブーツ姿で、例の大きな帽子をかぶっている。

「チャールズ・スワガー。司法省捜査局だ」

「ルーティ・クローン、ロッキングRの責任者です。うちの連中はみんな善良ですよ。ロッキングRは最高の者しか雇わない。そう聞いてませんか？」

「ある人物を見ていないかと思ってね。ここにいると通報が入ったんだ。よければ、この写真を見てくれないか」

ルーティは写真を見て、「やれやれ、そうじゃないかと思ったんだ。おい、モート、ショーティはどこだ？　またまた逮捕されちまいそうだぞ！」

カウボーイたちが笑い声を上げた。どうやら以前にも聞いたことのあるジョークらしい。

「ショーティは寝てるよ」という答えが返ってきた。

「なら、いいから叩き起こせ！　この人がトミーガンを出してくる前にな！」

ほどなく、ショーティが近づいてきた。ちびと《ショーティ》呼ばれているのは、むろん百九十センチを優に超える身長だからだ。そこへ帽子でさらに十五センチ、ブーツで五センチが加わる。豆のなっていない蔓《つる》のような身体つきだった。

「これがお探しのベビーフェイス・ネルソンですよ、ミスター・Gメン。どこへなりとも連れて行ってください。もう、うんざりだ」

スワガーはショーティを見つめて、どういうことなのか理解しようとした。ハンサムなカウボーイだが、見かけはいいが中身がないタイプなのか（帽子《ハット》は確かにかぶっていたが、牛《キャトル》はまわりにいやというほどいた）、眠そうな顔、ひび割れた唇、あまり賢そうには見えない青い目の持ち主だった。色褪《いろあ》せたジーンズは生まれたときから穿《は》いているのではないかと思うほどぴったり脚に張りつき、ブーツは泥と麦藁《むぎわら》に覆われていた。

「名前は？」と、スワガーは尋ねた。

「ハリソン・B・ハリス。ラボック生まれの二十一歳。好きなものは、馬、牛、女、給料日。毎日真面目に働いて、トラブルを起こしたことはありません。ちびじゃないから、みんなに〝ショーティ〟と呼ばれてます」

「うーん」と、スワガーは戸惑った表情で、責任者のほうを見た。

「ショーティ、帽子を取れ」

帽子のせいだった。頭を長く見せ、顔に影を落とし、全体の印象を大きく変えていた。帽子がなければ、ショーティはどこにでもいる平凡なカウボーイにすぎない。

帽子を脱いだショーティの頭は奇妙なほど小さくて角張っており、帽子の天辺はほとんど空っぽであるのがわかった。ブロンドと茶色の交じったくせ毛をボサボサに伸ばし、その顔はスワガーの目には（特に焚き火の赤々とした光のなかでは）、帽子がなければベビーフェイス・ネルソンの顔によく似ているように見えた。獅子鼻《ししばな》、いたずら好きのハックルベリー・フィンを連想させるそばかす、四角い顎《あご》――どれも左右対称で、一般的に言えば魅力的なほうだった。

「君はある人物によく似ている」と、スワガーは言った。

「わかってます」と、ショーティは答えた。

スワガーには、こんなことになった理由が理解できた。ショーティは数カ月に一度、ロッキングRの仲間と一緒にここへ来て、何日か家畜置き場で重労働に勤《いそ》しむ。その間、額の汗をぬぐったり、目をこすったり、うるさいハエを叩いたりするときに、帽子を脱ぐことがあった。誰かがちらりとその顔を見て（ベビーフェイスの顔は新聞を読む人々にはよく知られていた）、そして確認するために振り返る。その頃には、ショーティはテンガロンハットをふたたびかぶっていただろうから、顔のイメージは消えたかもしれない。それでも、遅かれ早かれ誰かが、「なあ、俺が見たのは、ベビーフェイス・ネルソンだと思うんだが」と言い出し、その話は家畜置き場から家畜置き場へ、グループからグループへと伝わって、最終的に誰かが市警察か捜査局に通報する。ところが機動隊が到着する頃には、すでにロッキングRはラボックかどこかに帰ったあとだった。

「この件で、よくトラブルになるのかね？」

「鉄道線路沿いの牢屋《ろうや》で何度も夜を明かしましたよ。ネルソンなんてやつについては、強盗で人殺しだっていうことしか知らないし、俺は祖父さん譲りの九二年式ウィンチェスター以外、銃は持ってない。なのに、南西部の保安官はみんながみんな、俺を汚い牢屋に放り込もうとする」

「身分を証明する書類は持ってるか？」

「こいつは持ってますよ。ロッキングRは身分証明書を持たない人間を働かせないから」

「見せてもらえるか？」

「ええ」若者は革の財布を取り出し、自分が言ったとおりの人物であるのを証明する書類を見せた。

書類を返しながら、スワガーは言った。「俺はどうこうしろと指図する立場にはないが、君は髭《ひげ》がかなり濃いほうだな。あのいまいましいネルソンが捕まるまでのあいだ、いや、そのあと数カ月ほど、髭を伸ばすことを考えてみたらどうだ？　それで、この馬鹿騒ぎも終わるかもしれない」

「俺たちも何カ月も前からそう言い続けてるんだが、頑固で言うことを聞かないんですよ。つるっとした顔のほうが女にもてるって」

「ショーティ、クラーク・ゲーブルって男を知らないか？　そいつは口髭を生やしてるが、女に追っかけまわされてるぞ。君の唇もそいつの口髭が似合いそうだぞ。俺が言いたいのは、すべすべのハンサム顔のままだと、どこかの市長の座を狙っている、頭に鉛の弾の詰まったど田舎の保安官に殺される可能性があるってことだ」

「聞いたか、ショーティ？　これは法執行官《サムおじさん》の言葉だぞ」と、責任者が言った。

「考えてみるよ」

「いい子だ」と、スワガーは言った。「これで俺の用事はすんだ。ロッキングRの土地はロッキングRの人たちにまかせることにしよう。トンプソンを使うまでもなかったな」

スワガーは握手をすると、メインロードまでの通路二つを誰かに送らせようというルーティの申し出を遠慮した。三十分ほど歩いて、さらに三十分ほど運転すれば、真夜中前には家に着き、風呂に入って涼めるはずだ。そうだ、夕食を忘れていた。どこかで買って帰ろう。

スワガーは別れを告げてから階段を上り、シャワー室へ戻った。そこからメインロードに戻るための通路に上る階段を見つけ、何の問題もなく帰路についた。

相変わらずぐらつく通路を進んで、囲いのあいだを貫く広い直線道路に達した。管理棟と輸送警備隊の本部に戻る道だった。靴は汚れ放題で手のほどこしようがなかったので、そのまま泥と藁を踏みしめながら進んだ。目につく水たまりや牛の糞、ぬかるみを注意深く避けても、一歩ごとに泥と藁がくっついてくる。穏やかな空の下を、足を止めずに進んだ。闇に包まれた囲いでは、牛たちが落ち着き、ほとんどがうずくまって夜の休息を取り、緑の牧草地、澄んだ小川、青い空の夢を見ていた。彼らを楽しませる月は出ておらず、埃と悪臭で空気が汚れているせいだろう、星はぼやけた小さな点となって、ほとんど見えなかった。

中間地点までは何事もない道のりだった。ところが突然、事態は一変した。

一九三四年二月

4

食肉加工業には、常に問題がつきまとう。労働組合の問題、火災の問題、肉の品質の問題、輸送問題、線路の修理の問題、メンテナンスの問題、盗難の問題、連邦政府による検査の問題、賄賂《わいろ》の問題など、枚挙にいとまがない。毎日、何かの問題が発生するが、ニュージェンツ社の抱える問題はとりわけ深刻だった。

「それで、何ができるんだね？」と、ニュージェンツ社のオーナー兼社長サディアス・ニュージェントが、部長兼実働部隊の中心人物オスカー・ベントリーに尋ねた。

彼らは、瀟洒《しょうしゃ》とはお世辞にも言えないオフィスにいた。社屋は食肉処理場のうえに高くそびえていたが、それでも血と糞の臭いが届かないほど高くはなかった。二人は最も不吉な暗闇――つまり未来のことに思いをめぐらせていた。彼らの未来は黒かった。なぜなら、数字が赤だったからだ。

サディアスは不満だった。彼は大規模な食肉ビジネス特有のはったりや大言壮語が得意ではなかった。そのうえ、冬の食肉処理場が嫌いだった。今年も例年どおり、シカゴは何カ月ものあいだ雪に覆われ、その雪が彼の運命と事業の本質をむき出しにしていた。いたるところで雪を汚している黄色や茶色の染みが、ここが巨大な動物のトイレであることを物語っていた。ここで働く人間の多くはそのうち慣れたが、サディアスは決して慣れなかった。

「もっと優秀な人間を雇うしかないな」と、オスカーは言った。

確かにそのとおりだ。利益率が低く、かつかつの経営をしているニュージェンツ・ベストビーフには、スウィフトやアーマー、モリスに匹敵する時給で経験豊富な牛飼いを雇う余裕がなかった。そもそも、家畜の扱いに長《た》けた者なら、ニュージェンツのような二流企業で働こうとは思わないだろう。そのうえ社屋はエクスチェンジ・アヴェニュー沿いの有機肥料会社の隣という、大手企業の華やかさにはほど遠い場所にあった。そこに雑然と家畜置き場や通路、加工ライン、処理室などの必要施設が散らばっており、まるでチャールズ・ディケンズの愚鈍な弟が設計したかのようだった。実際には――〝設計〟とはまるで言えない代物《しろもの》だが――サディアスの賢明な祖父フィリップが組み立てたものだった。

「あいつらには、いくら言ってもこれ以上うまく処理通路の作業はできないよ」と、オスカーは言った。「そんな能力がないのだから。そろいもそろって愚図ばかりで、すぐに浮き足立つ。牛のなかに落ちて踏みつぶされるのが怖くて、仕事を急いで雑になる。あいつらはただの移民で、牛飼いじゃない。チェコ人やポーランド人に牛肉のことなどわかるはずがないんだ。知ってるのは、〝糞を踏むな、角に刺されるな〟ということだけだ。サディアス、肉の質は人間の質が決めるんだよ。うちにはろくな人間がいないから、ろくな牛肉を作れない。そのために売上は落ち込み、これからも落ち続けるだろう。鉄道やレストランの大口契約は取れないし、下請けの缶詰工場も二流どころだから、缶が割れたり、不良品の率が高かったり、缶のデザインがお粗末だったりする。だからナショナル・ティーやアトランティック・アンド・パシフィックのような、いま勢いのある大手の食料品チェーンには食い込めない。いままでどおり、業界の片隅で細々と生き伸びるしかないんだ。足を棒にしてあちこち駆けまわり、地元の小さなチェーンに売り込んで。それに、これもいまやっているように、うちには手の届かない品質を要求してこない施設に商品を納入する。黒人向けやインディアン保留地の病院や学校、それにもちろん刑務所、経営不振の海運会社や幹線鉄道会社に。あとは大恐慌を生き延びたことを感謝しながら、現状を維持するしかない。唯一の希望は、大戦争が起きて、前の大戦のときのようにわれわれに恩恵をもたらすことだな。

だから戦争が起きることを祈ろうじゃないか。どうだい、この元気なちびのドイツ野郎はなかなか有望だと思わないか?」

オスカーは根っから正直者の実務家だったから、ヒトラーに関するコメントはまさに本音だった。オスカーにすれば、ぺたんこの髪と顔の染みのような口ひげの、脂ぎった小さな扇動者こそが、シカゴ南西部《バッキングタウン》を抜け出して、北の郊外住宅地ウィネトカに移るための唯一の希望なのだ。サディアスはすでにそこに住んでいたが、いつまでいられるか怪しい状態だった。

「オスカー、おまえが真実をねじ曲げていると非難できる人間はどこにもいない。その情けない悲観主義的見解を聞かなくてすむように、おまえを首にできるだけの金を持っていたらいいのだが、持ってないし、これからも持つことはないだろう。おまけに、私にはわかっていることばかりだ。それをことさら思い知らせるように言うから、痛みがますますひどくなる」

「そのつもりで言ってるんだよ」

「救われる希望はまるでないのか? スウィフトがうちを買収してくれる可能性は?」

「とても儲《もう》かるロードアイランドの刑務所との契約を手に入れるためにかね? 考え

られないね」

「じゃあ、創造的に考えてみようじゃないか」

「〝創造的〟という言葉は怖いな、サディアス。その先にあるのはいつも破滅だから」

「私は前からずっと考えていたんだ」

「神よ、お助けを」と、オスカーは言った。

「さあ、私の論理に穴がないか見てくれ。遠慮なく、厳しく攻め立ててみてくれ。粉々にして、ずたずたに引き裂いてくれ。私を泣かせてくれ。何が残るか見てみようじゃないか」

「指示されなくてもそうするさ。それが私のやり方だ」

「よし、ではやってみよう。あらゆる問題は全部、処理通路から始まる。通路の管理が悪いと、破局の玉が転がり始める。そこがわれわれの抱える問題の根源だと思う。この点は正しいか？」

「正しい」

「そのために、われわれの肉の大半がダークカッターに分類されてしまう。これが現在の問題であり、将来の問題でもある」

「それも正しい」

「だが、もっと優秀な人材を雇う余裕はない」

「ない」

「もっと良質の牛を買う余裕もない」

「ローリングR級の牛にお目にかかれるのは、高級レストランに行ったときだけだ」

「もし……」

「拝聴しよう」

「もしわれわれが、牛を手早く静かにさせる方法を思いついたらどうだろう。つまり、特別な工程を」

「何が言いたいのか……」

「化学だ！」

　今度ばかりは、オスカーは何も言えなかった。それは彼の限界を超えていた。化学のことは何も知らなかった。何万頭もの大型動物の死の管理についてはすべて知り抜いていたが、化学はさっぱりだった。

「マージョリーの兄と連絡を取り合ってたんだ。獣医の彼に言わせると、殺される寸前でも、特定の溶液を与えれば牛を落ち着かせられるそうだ。そうすれば、処理通路そのものも、棍棒や革紐《かわひも》を持った無知な外国人労働者も、過密状態も、宙を漂う血の臭いも糞の臭いも、牛どもの空腹や喉の渇きも、なにもかもが問題ではなくなる。牛は進んで誘導路を上っていき、おとなしく槌《つち》の一撃を受け入れる。そうなれば、ダークカッターの割合は限りなくゼロに近づき、うちのブランド製品の味は良くなって、人気が出る。俺たちはそろってウィネトカに住めるようになる。作業員も一緒にな」

「どこかに穴があるはずだ」

「そう、あるんだ。そもそも麻酔は扱いが難しい。安楽死をさせるようなものだからな。人間に使う場合は、専門医が必要になる。相手が牛でも専門の獣医しか扱えない。犬や猫でも……まあ、説明しなくてもわかるだろう。殺してしまうことがあるんだよ」

5

家畜置き場のあいだから人影が現れ、ひと休みするように、フェンスに寄りかかるのが見えた。だがスワガーには、それがカウボーイではないのがわかった。アフリカ系のカウボーイはめったにいないし、タン色のジャケットに青い労働者シャツとフェドーラ帽といった都会的な服装をする者もまずいない。男は長身で痩せていたが、黒人に多い筋肉質のしっかりした体格をしていた。明かりが乏しくて顔の特徴は見分けられなかったが、その体つきから緊張と瞬発力、覚悟が読み取れ、男が良からぬことを企んでいるのが推測できた。ここは悪事を働くには絶好の場所だった。目撃者になりそうな人物はいない。眠っている牛さえいないし、一キロ四方には目覚めている人間も、しらふの人間もいなかった。スワガーは、男が酔ってねぐらに戻るカウボーイを狙っているのだろうと察した。いきなりカウボーイに飛びかかり、棍棒で殴るか喉にナイフを突きつけて、被害者が襲われたことに気づく前に財布か、中身が半分残っている酒壜《さかびん》を奪って逃げる気なのだ。

　スワガーが近づくと、男はフェンスから身を起こして両足で立ち、体重を均等に分散させた。いつでも行動に移れる構えだ。トラブルの発生を予感させる姿勢だった。

「そこを動くな、兄弟」と、スワガーは立ち止まって言った。「どうした？　道に迷ったのか？」

「違うよ、旦那《だんな》」という声が返ってきた。男はさらに一歩近づいた。「あんたは俺の金を持ってる」

「おいおい、おまえに会うのはこれが初めてだぞ」

「あんたは持ってる。返してもらう必要がある。いますぐ。返してくれないなら、あんたは天国へ行く」

「俺は警官だ」と、スワガーは言った。「銃を持っている。おまえを傷つけたくはないが、身を守るためには撃つ」

　そのメッセージは渋々と受け入れられた。男は事態の複雑さに自信を失い、体からいくらか緊張がほどけたように見えた。まだ距離があったので、スワガーには相手の表情が見えなかったが、苦痛と失望、それにもろい計画が潰《つい》えたことに突然気づいた様子が感じとれた。だが、すぐに男の体がまた強《こわ》ばった。今度は絶望感にあおられたのだろう、男は肩を怒らせ、もう一歩前に進んだ。

「金が要るんだ」と、男は言った。「旦那、俺の金を返してくれ。でないと、力ずくで取り返すしかない」一瞬、男の手が消え、ナイフを握ってふたたび現れた。刃が空の星からわずかに届く光を受けてきらりときらめく。それは長く、禍々《まがまが》しい刃で、深く突き刺し、大きく切り裂くことができる。牛の喉を切り裂くために作られたナイフだ。

だが、ナイフが構えの位置に来る前に、スワガーは右手を上着のなかへ素早く突っ込んだ。そこには、第一次世界大戦時代のコルト・オートマチックが、おしゃれなS・D・マイヤーズ製ナンバー一二のショルダーホルスターに収まっていた。スワガーは拳銃を抜くと、コルト・オートマチック・イコライザーの銃口を男の胸に向けた。その動きの途中で、親指が安全装置を外していた。

「武器を下ろして、フェンスにしがみつけ。手錠をかける。そうすれば、おまえは明日の朝までは生き延びられる」と、スワガーは言った。

「十八センチの刃が刺さる前に、俺を倒せると思ってるのか？」

「そうできる人間はそれほど多くないが、残念ながら、俺はその一人だ」

「金が要るんだ」と、男は叫んだ。狂気の一種としか思えないほどの集中力だった。

男は獣のような素早さで飛びかかってきた。そんな攻撃を受ければ、たいていの人間はパニックに陥って死を覚悟するところだが、スワガーは三発続けざまに撃った。一瞬の閃光《せんこう》が、男の表情が怒りから恐怖へ、そして目を見開いた驚きに変わっていくのを捉《とら》えた。デリンジャー同様、この男も三発の実弾には耐えられず、左へ身をよじらせると、フェンス沿いの泥と牛の糞のなかへ串《くし》が突き刺さるように倒れた。

スワガーは体の向きを変えて、まだ相手が握ったままのナイフを踏みつけてから、火薬の残臭のなかにひざまずいた。火薬のおかげでほかの臭いが気にならなかった。

「馬鹿な真似をしたな」と、スワガーは言った。「拳銃に立ち向かうやつがあるか」

「女房に伝えてくれ。こんなことをやって――こんなことになったのを心からすまないと思ってると」

男は、人の温もりを求めてもがくように手を伸ばしながら死んでいった。スワガーは拳銃を左手に持ち替え、昔からある〝信ぜよ、されど検証せよ〟の原則に基づいて男の頭に銃口を向けたまま、右手で相手の手をつかんだ。引き締まった手はまだ温かったが、同時に腕を通って死が到達した瞬間も感じとれた。手から急に力が失われた。スワガーはその手を男の胸のうえに置いた。

彼は立ち上がり、拳銃をホルスターに戻して周囲を見まわした。ジョニー・デリンジャーの殺害が世間を騒がせたのとは対照的に、この出来事は何の衝撃も与えていないようだった。世界は、使われなくなった屋根裏部屋のように空虚だった。だが、数秒としないうちに、それぞれ普段着に着替えたカウボーイたちが何人も暗闇から現れ、近づいてきた。

「あいつが黒人を撃ったみたいだな」

「旦那、大丈夫か？」

「やつはきっと警官だ」

「機関銃みたいな音だったぞ」

「あの男のナイフを見ろよ。おっさん、見事に仕留めたもんだな」

「この街の黒人は狂ってるぜ」

「よし」と、スワガーは叫んだ。「みんな下がれ。俺は警官で、ここは犯罪現場だ。おまえたちに踏み荒らされないようにしなくてはならない。誰か警察に電話するか、知らせに走ってくれ。この件を適正に処理する必要がある」

まもなく輸送警備隊員が二人、どこからともなく現れた。本部の方角からではなかった。意外か、それとも当然か？　ユダヤ人の黄金《きん》を探している最中だった可能性もある。いずれにしろ大柄な男たちで、むっつりとした表情を浮かべ、普段しょっちゅう棍棒で殴っている放浪者《ホーボー》とさして変わらぬ服装ではあったが、胸には大仰なバッジを付けていた。バッジには巻物や柱、カエデの葉が刻まれている。二人は死体に目もくれなかった。結局のところ、彼らにとっては何の意味もない存在だったからだ。

「銃声が聞こえたぞ。ここで何があったんだ、おっさん?」と、一人が尋ねた。これもアイルランド系で、体内の炎で照らされているような赤毛で、その赤は暗闇のなかでも判別できた。

「あいつが黒ん坊を撃ち殺したんだ」と、もう一人が言った。

「襲いかかってきたって言いたいのか?」

「スワガー、司法省捜査局所属だ。俺もバッジを持っている」と言って、スワガーは襟を裏返した。「おまえらほど派手じゃないがな。おまえら何者だ? ルリタニアの大公か?」

「生意気な口をきくな、兄弟」と、一人が言った。「おまえをぶん殴って夢の世界に送るのは気が進まないんでな」

「連邦捜査官か」と、もう一人が言う。「自分たちは神の右側に座っているとでも思っていやがる」

「さっさとケリをつけようじゃないか」と、スワガーは言った。

「じゃあ、そっちから話せよ。引き金を引いたのはおまえで、俺たちじゃない」

説明するのは嫌いなスワガーだったが、ひととおり話して聞かせた。二人はメモも取らず、聞いているふうもなく、話し終えても質問しなかった。これで一件落着、家に帰ろう、というわけだ。

「一つだけ言わせてもらえば」と、おそらくアイルランド人《パディ》であろう男が言った。「俺たちが何と言おうと屁《へ》みたいなもんだが、問題はニューヨークがどう言うかだ。俺たちの組織はあの街の所有物で、やつらはおかしなルールで動いている。連邦の洒落者が俺たちの縄張りに来て、肌の色は何であれ、誰かを撃ち殺したりするのを快く思わないかもしれん。ビジネスの邪魔になるからな。客をびびらせちまう。ここの馬鹿高いステーキ・レストラン、ストックヤード・インには金持ちの客が付いている。やつらをおびえさせると、売上が落ちる可能性がある」

「おまえら、行く方向を間違っているぞ、オトゥール神父」と、スワガーは言った。「おまえとお友だちのオショーネシー神父（オトゥール、オショーネシーはアイルランド系の特徴的な名字）が、連邦捜査官を恐喝しようとしているなら、世界中の小妖精《レプラコーン》と大司教を総動員したって救ってもらえなくなるぞ」

「そら見ろ、こいつは勘違いしてる」と、一人が言った。

「兄弟、こういうことだ。俺たちの企業は米国の最有力者の持ち物だから、ニューヨークの弁護士どもが乗り出してきたら、あんたの組織はひどい目に合うってことさ。あいつら、誰彼かまわず脅しをかけてくるからな。次に記者連中に追いまわされたあと、議会に呼び出され、夜通し証言台に立って宣誓証言をさせられる。だいたい、おまえのおかま《ナンシーボーイ》の上司だって――」スワガーが初めて耳にする言いまわしだったが、彼はその兵隊面をぴくりともさせなかった。「部下が理由もなく有色人種を撃ち殺したと言われるのはうれしくないだろう。ビジネスの邪魔になるようなやり方も好まないはずだ。それに、デリンジャーを仕留めた男――そうとも、あんただ。いま気づいたぜ、兄弟――が審問で身動きが取れなくなっているのを横目に、ネルソンとかいうちびのマシンガン使いが高笑いしながら、インディアナの銀行家とその女房子供を撃ち殺すことになるのも」

「いいか、ごろつき野郎、俺を怒らせないほうが身のためだぞ。俺は西アーカンソーの頑固な猟犬みたいな人間だ。最後まであきらめず、何も忘れない。おまえたちは、強烈なしっぺ返しを食らうことになるぞ」

「こういう解決策はどうだ。俺たちには慈善基金がある。USY&T警備隊の未亡人孤児基金だ。おまえがそこに寄付をすれば、問題はすべて解決して、俺たちは一緒にビールを飲みながら『オー・トミー・ボーイ』を歌って夜を明かせる」

「いい考えだな」と、もう一人が言った。「いくら持ってる、拳銃使い？」

だが、スワガーが答える前に、もう一人の人物が輪のなかに割り込んできた。制服を着て、いかめしい庇《ひさし》付き帽子を細い目のうえまでかぶったシカゴの黒人警官だった。長身で肩幅が広く、運動選手の体形をしており、それを誇りにしているのが明らかだった。彼は卑屈な態度をいっさい取らなかった。スワガーにすれば、制服とバッジと権威を示す帽子を身にまとった黒人が、独り立ちして堂々と、まるで完全な市民権を持つ人間のように白人に交じって立ち働いている姿を見るのは、これが初めてだった。

「何が起きてるんだ？」と、男は言った。「死体が一つに輸送警備隊員が二人、それに背筋を伸ばして一歩も引かない姿勢のどこかの捜査官。おい、マリガン、説明してくれないか？」

「この覗《のぞ》き屋が、ナイフを持った黒人をぶっ殺した。連邦捜査官だと名乗ってるから問題ない。いま後片付けをしてるところだ」

スワガーは目の前の光景に驚きを禁じ得なかった。黒人の男は、言葉どおり背筋を伸ばして一歩も引かない姿勢で立っていた。

「あんたは誰なんです、旦那？」と、黒人警官が尋ねた。

「スワガー、司法省だ。公務で来ている。この哀れな男が暗闇からナイフを持って現れた。倒すしかなかった」と言いながら、スワガーは警官が遺体のわきにひざまずき、裏返して胸の傷を覗き込むのを見守った。

「あんた、さぞかし拳銃の腕が立つらしいな。胸の中心から三センチの範囲に三発命中している。こいつは、膝《ひざ》が地面につく前に地獄に到着してただろう」

「何度か銃を撃ったことはある」と、スワガーは言った。

「捜査局の人はみんな、拳銃の扱いに長けているとは聞いたけど」

「うまい者もいれば、そうでない者もいる。この男は運が悪かった。俺にも一つか二つは得意なものがあるからな」

「おい、警官帽」と、輸送警備隊員の一人が言った。「ここは鉄道の私有地だ。シカゴの警官はお呼びじゃないぜ。俺がおまえなら、さっさと立ち去って……」

「名前は」と、警官は言った。「シルヴェスター・ワシントンだ。あんたも聞いたことがあるかもしれんな」

アイルランド系の二人は一瞬目を合わせた。

ワシントンが一歩前に出て、暗い明かりのなかにすっくと立つと、象牙《ぞうげ》のグリップですぐにそれとわかるリボルバーのうえに大きな手が何気なく置かれているのが見えた。太い銃身を見て、スワガーはそれが普通のコルトではなく、スミス&ウェッソンの三八／四四だと判断した。新しく発売された三八口径の高性能弾薬に対応するように、四四スペシャル弾用の頑丈なフレームを使ったもので、喧嘩《けんか》を手早く終わらせるリボルバーだ。

「じゃあ、おまえが〝二挺拳銃《ツー・ガン》のピート〟か」と、アイルランド人の一人が言った。

「そうだ」と、大柄な男は答えた。「だが、ワシントン警官《オフィサー》と呼んでくれてかまわない」

「わかった」と、一人が言った。「こいつも有名な殺し屋だ。おまえがこの件を引き受けると言うなら、好きにすればいい。こっちは新聞で、どうなったか読ませてもらうよ」

そう言うと、二人は闇のなかに音もなくすべり込み、たちまち見えなくなった。

くるりと振り向いた黒人警官は、スワガーの左腰にも同じ三三／四四フレームのリボルバーが挿してあるのに目をとめた。同じく象牙のグリップが磨かれた骨のように輝いていて、グリップは外側を向いていた。こうしておけば、再装塡《そうてん》に手間をかけずに右手で抜き、素早く体の前を横切らせて構えを取れる。

「現場の状況はよくわかった」と、黒人警官は言った。「薬莢《やっきょう》の位置、泥に残った足跡のかたちから見て、こいつが急ぎ足で近づいたのがわかる。あんたの足跡は静かに安定している。そのうえ、死んだ男の手にはあの豚刺しナイフがしっかり握られている。こいつが襲撃側で、あんたが守備側であるのは明らかだ。あんたの説明と一致している。正当防衛として受け入れても何の問題もない」

「ありがたいな、おまわりさん」と、スワガーは言った。「では、刑事と検視官事務所の人間が着くのを待とう。どうやら今夜はここで夜明かしになりそうだ」

「そこが判断の分かれ目だな」と、ワシントン警官は言った。「方法は二つある。簡単なのと難しいのと」

「難しいほうはどんなものだ？」

「正当防衛による殺人として報告する。つまり、あんたが言ったように、刑事か、場合によっては市検察局、それに遺体と現場の写真を撮り、図面を作成する検視局がやって来る。輸送警備隊員はいなくてもまだ複雑な手続きが必要になる。俺が報告書を書き、証言する。そうしているあいだにも、警察のアイルランド人たちがみんなして、政治的な利害関係はどうなるか、どうすればこの件を有利に利用できるか頭を絞り出す。そのうち、オカウンティ・コークだかなんだかという名前の警部が捜査局を利用する方法を見つけて駆け引きが始まり、事態は込み入ってくる。アイルランド人は一人残らずそういうゲームが大好きなんだ。ただのいたずら心で、どんな得があるかいっちょやってみようって具合に。それに、始まるのは全部、明日の朝になってからだな。古株の刑事は誰も、あんたみたいにここに来て泥や糞で靴を台無しにする気はないですからね。俺たちは新人の刑事が来るのを朝まで待つことになる。そいつらが靴をだめにするのをあざ笑いながら、古株たちが送り出してくるわけです。そのうち、ボスたちが介入してくる。あんたの、俺の、そしてユニオン・ストックヤード・アンド・トランジット・カンパニーのボスたちが。俺は黒人だから、ボスたちは俺をいやがって話を聞こうとしない。自分たちの気に入るように、自分たちに何か儲けが来るように事を運ぶ。あんたのボスたちがどうするかは、俺には知りようもないけど」

「そっちも複雑になる可能性があるな」と、スワガーは言った。ヒュー・クレッグの存在とその影響力と陰謀好きのことが頭に浮かんだ。

「もう一つの選択肢は、黙って立ち去ることですね。つまり、来たときと同じように、いなかったようにここを去る。俺はこれを身元不明の黒人男性が泥のなかにうつ伏せで発見されたと報告する。シカゴでもう一人黒人が死んだところで、また街に火がつけられることもないでしょう。救急車が来たら、こいつを車に乗せて足の指にタグを付ける。こいつは人生で初めての個室を――死体置き場の引き出しを手に入れるわけです。身元確認に来る者がいなければ、市営の黒人墓地に墓標なしで埋められる。それで、永遠にさようなら。これは悲劇ではない、現実にすぎない。黒人は毎日のように死んでいるが、誰も気づきもしない。俺の仕事は、この件がアイルランド人の組織《マシン》を混乱させないようにすることです。それをしているかぎり、食べていける。だが、あんたには秘密を打ち明けよう。俺の本当の仕事は、たまに黒人のために正義をなすことなんですよ。それを明かすのは、あんたが俺を〝ボーイ〟や〝シルヴェスター〟と呼ばず、〝サー〟や〝おまわりさん〟と呼んでくれたからです。俺もお返しに真実を打ち明けるんです」

「君はたいした人物だな、ワシントン警官。俺にはよくわかる。でかい拳銃を二挺《ちょう》も持っていて、暗い場所や路地、アイルランド人ばかりのオフィスを恐れない。喜んであんたの助言に従って、この哀れな男を身元不明者として扱うことにしよう」スワガーは、肩から十六トンもの牛糞を降ろしたような気がした。自宅のあるビルの非常階段で、葉巻をすってバーボンを一杯やりながら夜の終わりを迎える姿を想像した。

「そうしましょう。人生は短すぎる。アイルランド人抜きでも」と、黒人警官は言った。

「だが、君に一つ訊《き》きたいことがある」

「どうぞ、何なりと」

「私はこれまでにも人を殺したことがある。多すぎると言えるほど何度も。だが、常にそれには何らかの意味があった。戦争であったり、相手が知られた犯罪者であったり。だから、あとで気持ちを整理するのは難しくなかった。ところが、この誰ともわからぬ男はオートマチックの銃口を正面から向けられ、警告も受けていたのに、狂ったように飛びかかってきた。俺がひるむと思ったのか、警告されても、自分のほうが有利だと考えたのか。突っ込んできて倒れた」

「麻薬でハイになってたんじゃないかな。ここの連中は気持ちが良くなるものは、何でも平気で体に取り込みますからね。あとでどうなるか、まったく気にしないで。マリファナか白い粉か、あるいはほかの化学物質を摂取していたんでしょう。だが、これだけは言える。あんたには何の責任もないから、忘れたほうがいい。ここは第四管区だ。ここでは、スワガー捜査官、第四管区では何も気に病む必要はないんです」

6

そのままオフィスに向かい、午前五時に到着すると、スワガーは報告書を書いた。七時までかかったが、クレッグの出勤前に書き上げることができた。サムとメルにも、戻ってきて読むか、そのままファイルされるかわからないが、カーボンコピーを日々の書類の山に加えておいた。射殺事件とワシントン警官との合意のことは全部省略したが、念のためにワシントンのバッジ番号と電話番号をメモしておいた。それからオフィスを出て食堂に入り、卵とベーコンとジュースの食事をしたが、目が覚めてしまうのを恐れてコーヒーは控えた。食事がすむと、高架鉄道でニア・ノースサイドにある小さなワンルームのアパートに戻り、数時間眠った。午後二時に電話を入れると、クレッグは満足した様子で、わざわざ出勤する必要はない、明日会おうと言った。

スワガーにも好都合だった。靴は非常階段に置いてあったが、調べてみると修復不可能であるのがわかった。そこで作業用ブーツを履いて外出し、靴屋を何軒かまわった。そして、〝長い目で見れば質の良いもののほうが安上がりだ〟というサムの忠告を思い出し、スコッチグレイン革と呼ばれる茶色のオックスフォード・シューズを一足購入した。フットボールのように全面に粒状の加工がされており、六つの穴に太くて丈夫な靴紐《くつひも》が通され、厚いソールがついていた。最高と言われるチーニーという英国のメーカーの製品だった。防水だと謳《うた》ってある。

その用事を終えると、ステーキの夕食をすませてから、ここ数週間話をしていなかった妻に電話をかけた。

良い報告はなかった。ボビー・リーがまた自傷行為におよんだという。妻は思いとどまらせようと、包丁の入った引き出しをテープで開かないようにしていた。自傷行為をしていないときのボビー・リーは、部屋に引きこもってロケット飛行機の絵を描き、奇妙な言語の歌を口ずさんでいた。次第に腕力がついてきて、妻の言うことはほとんど聞かなくなった。妻は息子を恐れていた。もし何か起きたら……

「悪いが、俺は帰れない」と、スワガーは言った。「いまはある作戦の真っ最中で、俺を頼りにしている人たちがいる。戦争のときと同じで、彼らを失望させるわけにはいかないんだ」

「あなたはなぜ、その仕事を引き受けたの？　ボビー・リーから逃げるためね。でも、そのおかげで私はどうなった？　いまにも何をするかわからない、助けの必要な子供と家に閉じ込められている。あの子にはあなたの愛情と指導が必要なの。あなたがいなくなって、前より悪くなっている」

「今度の仕事をきっかけに、俺たち家族がもっと大きくて、良いものに変わるのを期待している」と、スワガーは言った。「ボビー・リーに一流の治療を受けさせて、良くすることができるかもしれない。もし治療が無理そうなら、良い施設に入れることもできる。凶暴な狂人や変質者のいる州立の精神科病院じゃないところに」

「チャールズ、あなたはいつも私たちのためと言うけれど、恩恵を受けるのは結局あなただけなのよ」

夫婦はこれまでにも何度も同じ話をしており、いつも金切り声のあとに袋小路にはまり込み、苦い思いをするだけだった。今夜はそれに耐えられる気分ではなかった。

「金はきちんと届いているだろう？　判事に電話すれば、手当を少し増やしてもらえると思う。ある意味、彼の利益のために働いているようなものだからな」

「チャールズ、気をつけてね。銃だけでは切り抜けられないような、都会のトラブルに巻き込まれないで。ああいう人たちは、あなたの知らない策略をめぐらせるから」

「俺なら大丈夫だ。もう一人の息子から何か連絡はあったか？」

「アールが言うには、ようやく戦闘に参加することができたそうよ。無事に乗り切って、ほめられたと言ってたわ」

「あいつには、優秀な海兵隊員の素質があるとわかっていた」と、スワガーは言った。

「直接そう言ってやるべきね。いつも頭ごなしに叱《しか》りつけないで」

また、その話か。

「あいつには頑固なところがある。命令に従うことを学ばなければならなかったんだ。俺が叩き込んだ教訓は、ニカラグアだろうがどこだろうが、きっと役に立つはずだ」

もう話題もなくなり、会話はぎこちない、尻切《しりき》れトンボで終わった。スワガーは自分の人生には何の意味があるのだろうかと思いながら電話を切り、今日は非常階段での葉巻もまったく楽しめそうにないと判断して、早めに寝ることにした。自分がウイスキーを欲しがっているのに気づいたが、ベッドに逃げ込むのが一番だと思った。刃物を手に突進してくる黒人の夢を見ないことを願いながら、眠りに落ちた。

幸い、その夜は黒人は現れなかった。いつもの銃剣を持ったドイツ兵だけだった。

市内はどこも同じだったが、ここが違うのは、そこにいる男が全部黒人である点だった。スワガーは、これほど多くの黒人がひとところに集まっているのを見たことがなかった。まるで真っ黒な別の宇宙のように見えたが、その実、何にも変わりはなかった。男たちはほかの米国人同様、不機嫌で、汗を流し、腹を立てていた——ただ、それが黒人だっただけだ。シルヴェスター・ワシントンは慎重な運転で、パトカーをレンガ造りの長屋の前の駐車スペースにゆっくりと停めた。低い灰色の建物が低い灰色の光を浴び、草は全部枯れ、木々から乾ききった葉が垂れ下がり、茂みは密生していた。

ワシントンは車を降りた。二人はいま七十五丁目とルーズベルト通りの交差点にいた。ストックヤードを越えて数キロ、市の南部地区に深く入ったところだ。通りには車が走っていないし、人の姿もなかった。かなり暑かったが、予報ではもっと暑くなるらしい。砂利《じゃり》道をアスファルトで補修した部分は、溶けたリコリス・キャンデーのように見えた。うっかり踏むと、新しいチーニーの靴が抜けなくなるかもしれない。

スワガーはワシントンのあとから建物の一つに入った。貧相なビルで、平屋根にむき出しのレンガ壁、塗装はあちこち剝げており、灰色の木造階段は踏むたびにぎしぎしときしんだ。二階には廊下があり、コードの先にぶら下がった裸電球の作り出す鮮明な格子状の影のなかに、ドアがいくつか並んでいる。ワシントンは左側の真ん中のドアに近づき、二度ノックした。

スワガーもドアに近寄った。だぼだぼの花柄のドレスを着た、暗い表情の女性が待っていた。頬《ほお》はこけ、目に光がなく、あきらめの思いだけがほの見えた。二人の子供が台所の隅にぐったりと横たわっていた。二人はスワガーを、それまで見たことがないほど生気のない目で見つめた。電気は高価すぎて無駄遣いできないと訴えるように、部屋には陽光が射し込んでいた。

「ミズ・ロバーツ、こちらがこの前話した捜査官だ。ジョージの死について調べている。前に言ったとおり、この人の質問に答えてほしい。それで、事の真相がわかるかもしれん」

彼女は夫のジョージ・ロバーツが家畜置場でナイフを持ってスワガーに襲いかかり、逆に射殺されたことを知らなかった。彼女が知っていたのは、その夜ジョージが帰ってこなかったこと、そして次の日も、その次の日も帰ってこなかったことだけだった。おおよその事情を知ったのは、四日目にシカゴの死体安置所に行き、キャビネットから遺体が一つ引き出され、ゴム袋から取り出されるのを見守ったときだった。そこには、子供たちの父親であり、その時代の基準では妻と子供たちを大変良く養ってくれていた男がいた。

本当は遺体を引き取りたかったのだろうか？　葬儀屋に払う金はおろか、埋葬費用さえ持っていなかった。だから、言い訳も弁明もなく、市に埋葬をまかせる書類にサインせざるを得なかった。彼女のサインがあろうがなかろうが、市は埋葬を行うことになっていたのだが。そうして、死体安置所をあとにした。ジョージの次の行き先が、墓標のない集団墓地の黒人用区画であることは知っていた。

「誰かがあの人を殺したのよ」と、彼女は言った。「それが誰かはわかっているよ。たとえ銃を撃ったのが別の人物でも、ある人物のせいで起きたんだ」

「奥さん、あんたを助けるためにその話を聞かせてほしい。何かできることがあるかもしれない」

「何もできやしないよ」と、彼女は言った。「世の中、そんなふうには動かないさ」

「例外はありますよ」と、スワガーは言った。

彼女は悲しげで厳《いか》めしい顔をスワガーに向けた。その目には希望の光はいっさい浮かんでおらず、体は重力で引き裂かれそうに見えた。彼女には行く場所もなく、金もなかった。いまは悪魔の尻から吹く風よりも暑かったが、厳しいシカゴの冬が近づいていた。

「あんたに何の関係があるんだい？」と、彼女は尋ねた。

「俺の所属部署の仕事ですから」と、スワガーは言った。「さあ、お願いです。ジョ

ージに何があったんです？　誰が彼を殺したと思いますか？　あるいは、彼が殺され

るような状況に追い込んだのは誰なんです？」

　彼に、銃に向かって突進するような真似をさせたのは何だったのか？　なぜ自分は

彼に三発撃ち込み、ストックヤードの牛糞のなかで死んでいくのを見なければならな

かったのだ？

　彼女は話し始めた。ジョージ・ロバーツはアーマー社の食肉処理ラインで働いてい

た。彼には技術があり、牛にハンマーの一撃を喰《く》らわせるノッカーの役目を与えられ

ていた。時給九セントの安定した良い仕事だったが、問題は労働時間で、通常一日十

四時間、週六日の勤務だった。

　もっともジョージは食肉加工合同組合一七三支部に加わっており、一七三支部は多

くの組合支部と協力し、八時間労働制を求めて闘争していた。一年前、一七三支部は

六つの組合と共に八時間労働を要求してストライキに入った。それは長く厳しいスト

ライキで、ピケラインでの暴力沙汰《ざた》もたびたび起きて、双方ともに頭を割られる者が

数多く出た（会社は南部からスト破りを連れてきていた。彼らの暮らしもストライキ

参加者と同じくらい切羽詰まった状況だった）。労働者が組合のわずかな救済資金で

やりくりしながら半年持ちこたえて、ようやくストライキは終わった。一日八時間を

超える労働時間については賃金を一セント上げることで決着した。

組合指導部、つまりイタリア人たちがアーマー社に買収され、労働者を裏切ったことは誰でも知っていた。それでも、労働者にはなすすべがなかった。新協定の締結に反対運動を行った者は全員、屈強なゴロツキどもの暴力の対象になった。協定はかろうじて可決されたが、不正選挙の疑いも噂された。協定に反対票を投じた者は一人残らず、はっきりしない理由で翌日解雇され、ブラックリストに載せられ、この業界で仕事ができなくなった。ジョージは製鉄所に職があると聞いて、家族をミシシッピに連れ帰る費用をなんとか工面しようとした。だが、イリノイ・セントラル鉄道の切符を買うだけの金がなかった。まるでジョージの人生に関わった三大組織――アーマー社、食肉加工合同組合一七三支部、それにイリノイ・セントラル鉄道――が一丸となって、彼を破滅させようとしているかのようだった。

「あの人は狂い出しそうだった。心を痛めていた。子供たちが飢え死にするんじゃないかと」

「あんたは〝ある人物のせいで〟と言ってたね。誰のことか、教えてもらえるかな？」

彼女はワシントンを黙って見つめた。まるで白人には決して理解できない、黒人同士の奇妙な情報のやり取りをしているかのように。

「その辺の雑魚《ざこ》のことを言ったんじゃない。特定の人間だ。あの、あの男だよ。あんたがたもわかってるはずだよ。みんな違うけど、みんなおんなじ。私たちを締めつけ、場合によっては殺し、それでも捕まることはいっさいない」

「なるほど」と、スワガーは言った。「それで、これからどうするつもりだね？」

「ご覧のとおりだよ」と、彼女は答えた。「冬になれば、この穴のなかで凍《こご》えながら暖かい天気と少しばかりの幸運を祈るしかない」

「ミシシッピに帰れば、どうにかなるのでは？」

「どうにもなりゃしないよ」

「紡績工場で働けるんじゃないかな？」

「どうやって帰ればいいのさ？　イリノイ・セントラル鉄道の切符を買うのに、三人分で五十ドル近くかかるのよ。それに、そのあとは？　行けたとしても、仕事探しのあいだ、子供たちをどこに置いておくの？　住む場所だってないし。うまくいっても、一週間は仕事ができない。そのあいだ、誰に食べさせてもらえばいいのよ？」

「ミズ・ロバーツ、あちらに家族はいないのかい？」と、ワシントンが尋ねた。

「私の母親とジョージの母親がいる。でも、みんな暮らしは楽じゃない。やっと生きている程度さ。どう考えても、果てはホームレスだね。州に子供たちの面倒を見てもらえればいいかもしれないが、ジョージ・ジュニアは体が弱くて、耐えられないだろう。施設に入れられたら、きっと病気になってしまう」

「わかった」と言って、スワガーはポケットに手を入れ、デリンジャー追跡の際のボーナスとしてギャングからもらった金の残りを取り出した。

「あんたに現金で二百ドルあげよう」

信じられなかったのだろう、彼女の目が大きく見開かれた。

「旦那！」

「よく聞いてほしい。これはあんたがミシシッピに帰って、落ち着いて仕事を見つけるまでのあいだ、家族を支えるための金だ。この金をしっかり守るんだ。誰にも渡さず、誰にも話さず、誰にも見せず、誰にも預けないように。ここでは、この金が命取りになることもある。世のなかには泥棒やペテン師がたくさんいて、あんたのような人を餌食《えじき》にする。わかるね？」

「わかりました。ああ、神様、この人は天使にちがいない――」

「そういう言い方はよしてくれ。俺はただの罪人だ。悪党はみんなそうだが、虚栄心が強く、傲慢《ごうまん》で、頑固な人間だ。だが、俺なりの理由であんたを助けたい。この金を受け取り、できるだけ早くこの街を出て、もっと良い場所か、少なくとももっと暖かい場所で新しい生活を始めてほしい。帽子に無駄遣いはするな。いまのあんたに新しい帽子は必要ないからな。代わりに、出発前にこの子たちを食堂に連れて行き、肉とジャガイモをたっぷり食べさせてやるんだ。いいな？」

「わかりました、旦那」

スワガーはワシントンに顔を向けた。ワシントンはすっかり度肝を抜かれた顔つきで、スワガーを見つめ返した。

「用はすんだ。さあ、行こう。さようなら、ミズ・ロバーツ、お元気で」

「旦那様、エホバがご自身であなたを天国へお連れくださることでしょう」

「それは疑わしいがね」と、スワガーは言った。

二人は無言で車に戻り、スワガーがポンティアックを駐車したコミスキー・パークへの帰路についた。

「こんな話は聞いたことがありません」と、しばらくしてワシントンが口を開いた。

「これは君と私のあいだだけの話だ。広めないでくれるね」

「ええ、誓って」

「ここでは何かが起きている。ひどく臭うぞ。調べてみる必要がある」

7

初めてそれを耳にしたのは、コミスキー・パーク近くにある拘置所だった。はっきりそう言われたのか、それとも断片的に聞いて意味を推測したのか、あるいはただの想像だったのか？　好奇心をかき立てられたようには見られたくなかった。気づいた素振りは見せなかったが、警官たちの前で隠すのは難しかった。彼らは何かに気づくことで生き延びていたからだ。それはともかく、あれは現実だったのか、幻だったのか？

ここに来たのは、まさにそういう手がかりを拾うためだった。クレッグとサムには、ベビーフェイスの件がはっきりしないので、もう少し探りを入れる時間が必要だと伝えてあった。オフィスのスターとして、次のスターが現れるまでは、そうやって問題なく自由に振る舞えた。とかく仕事場《オフィス》はそんなものなのだ。

スワガーは人と話をし、あちこちうろつき、友人を作り、尋ねられれば質問に答えた。警戒する者はいなかった。好都合だ。彼は、警官のたまり場やシャワールームで交わされる内輪話を盗み聞きするつもりだった。上司への報告は無用で、新聞記者にも気づかれず、バッジを見せつけることもない。それでも、警官はちゃんと情報を仕入れている。まるで魔法のように、彼らはスワガーがデリンジャーを射殺したことを知っていた。彼らの世界では、それだけでヒーローになれた。ほかにさして理由がなくても、彼らがいずれ向き合うかもしれないトミーガンが一挺減ったことを意味するからだ。

「図書館で、例のニグロの新聞、『シカゴ・ディフェンダー』を見てきたよ。今年はサウスサイドが荒れているみたいだな。住民同士の殺人が増えてるし、警官に対する暴力沙汰も、君らの仲間が逮捕するケースも増えている。双方が恨みを抱えている。どうだね、俺の見立ては間違ってるかね?」

「あんた、何を探してるんだね、連邦捜査官?」と、ダブリンの地図が歩いているような、いかにもアイルランド人らしい巡査部長が尋ねた。「俺たちはやるべきことをやってるだけだ。俺たちは青い壁なんだ。黒人がループやノースサイドの白人地域に入り込んでくるのを防いでいれば、すべて順調だ。この街でやつらの死亡率が少し上がったところで、大した問題ではない。そうなるのは、ニグロはへらへら笑いながら腹に一物持っているからだ。ときには理由もなく怒り出して、女房や友だち、見知らぬ人間、近くにいる警官に怒りをぶつける。相手が警官であれば、胸に三発食らうことになるがな。ストックヤードであの男の胸に三発撃ち込んだのはあんたなんだろう。シルヴェスター・ワシントンの報告書にどう書かれていようとな」

「事情はわかっている、オブライアン。波風を立てるつもりはないんだ。俺は改革家ではないから、本部に報告する気などない。ただ、ここがベビーフェイス逮捕を主導することになった場合に、状況を知っておきたいだけだよ」

警官たちの信用を得るまで、少なくとも彼らが警戒心を解いて話をするようになるまでに、何度か訪問する必要があった。だが、あるときループのオフィスに戻る途中で、頭のなかにこれまで聞いたことのない言葉が響き渡った。実際に聞いたのか、それとも言葉の断片から残りを推測したのか判断できず、はっきり思い出すのも難しかった。それでもウイスキーを一杯ひっかければ思い出すかもしれないと思い、やってみるとそのとおりになった。浮かんできたのは〝夜汽車《ナイト・トレイン》〟という言葉だった。「やつはナイト・トレインに乗ってたのか?」とか、「きっとそうだ。素面《しらふ》であんなことをするはずがない。最後までナイト・トレイン急行から降りなかったにちがいない」といったふうに使われていた。

ナイト・トレインとは何なのだろう？　アイルランド系の警官には、忘却行きの列車を意味する符牒《ふちょう》らしい。黒人の人生はあまりに辛《つら》いから、終着駅はきっと良い場所だと信じ込み、すべてを投げ出して列車に身をゆだねるということなのか。

それからしばらくのち、コステロという警官が車をふらふら走らせていたジョンソンという黒人を停車させてから射殺する事件が起きた。その日の午後、ジャガイモでできているようなアイリッシュ・バーで警官たちが祝杯を挙げて解散したあと、スワガーはかなり酩酊《めいてい》気味のコステロを呼びとめた。

「俺を知ってるかね？」

コステロは声を上げて笑った。彼は若くて、少なくとも今日だけはヒーローの気分を楽しんでおり、ウイスキーに切り替えて、すでに限度を三杯超えていた。

「知ってますよ。ええ、教えてもらったから。あの男を撃った人だと……」

「それは忘れてくれ。君が撃った男のことを教えてくれるだけでいい」

「何てことはありませんよ、連邦捜査官殿。やつの車は波にあおられるボートみたいにあっちへふらふら、こっちへふらふら走っていた。俺は停車させた。酒の臭いがぷんぷんした。免許証は見せたが、べろべろであるのは間違いなかった。酔いがさめるまで留置所に寝かせてやろうと思った。相手は、よく世間で言う〝おとなしいニグロ〟に見えた。だから、暴力沙汰になるとは思ってもいなかった」

「何が起きたんだ？」

「やつが変わっちまったんですよ。一瞬で。車を降りてきたので、俺は言った。『おっと、そこまでだ、でかぶつ。車に戻れ、ハンドルに手を置いたままでいろ』。やつの顔が一変した。狂っているようには見えなかった。まるで、もうすでに死体みたいだった。目が死んでいた。だが、でかい男だった。百二十キロ近くあったんじゃないかな。こっちは、五十キロも軽いちびのアイルランド人だ。『おい、よせ』と、俺は言った。『下がれ、でかぶつ。そんなに酔って動きまわるんじゃない』。やつは何も言わず、いきなり飛びかかってきて俺をボンネットに押しつけ、この首を大きな手でつかんだ。ほら、見てください……」

アイルランド人が制服の襟を下げたので、スワガーにも紫と黄のまだらの、腐りかけた果実のような痣《あざ》が見えた。

「殺《や》られると思ったが、拳銃を抜くことを思いつくぐらいは頭が働いた。撃ったのも銃声も覚えてないが、どうやら相手の腹から心臓の部分に四発撃ち込んだらしい。やつもそれで一巻の終わり。俺の首をつかんでいた手を離し、二歩ほどよろめいて、セメント袋みたいに地面に倒れた。俺は明日、カブスの試合を見に行くよ」

「相手はどこだね？」

「ジャイアンツ」

「いい試合になりそうだな。で、その男には名前があったのか？」

「ジョン・J・ジョンソン・ジュニア。コテージ・グローブにある〈ジョン・J・ジョンソン・アンド・サン〉という葬儀屋です。やつらの基準で言えば有力者に入るな。前科はなし、バプテスト・エベネゼル教会の執事もしていた。納税者で、シュライン会会員で、サーマク市長への大口寄付者。何がやつをそんなふうに狂わせたのかわからないけど、近頃そういう事件がやけにたくさん起きているようです」

「酒のせいだと思うか？ 彼らは酒に強くないから」

「そうかもしれませんね。でも、あいつら、いつも酒を飲んでたけど、いままでこんなことは起きていなかったから、もしかしたら別の原因があるのかもしれない。赤の大学生どもが、白人を憎むようにあいつらをたきつけてる可能性もあるな」

「パチンと弾《はじ》けて襲いかかってくる、っていうわけか？」

「昔は、おとなしい黒人は俺たち青服のアイルランド人を尊敬し、恐れていたものですよ。それが変わっちまったと仲間は言ってます。今年になってから、急に」

最後にそれを見たのは、映画館でデリンジャーを射殺した夜だった。そのときは、群衆やカメラマン、新聞記者、ラジオの取材班でごった返していた。みんなが、死体仮置き台に横たわる偉大なジョニー・デリンジャーを見たがった。つま先をむき出し、頭部を狙ったスワガーの銃弾の射出創が右目の下に水疱《すいほう》のように開いていた。まるで大作映画のプレミアショーのようだった。『ジョニー・デリンジャーのいない世界』なる映画の。

いまは八月の暑い午後遅くで、その建物は〝シカゴ巨大様式〟のビル群のなかにある、特徴のないレンガ造りの建物にすぎなかった。それは、超高層ビル群から西へ一・五キロほど突き出して独自のダウンタウンを形づくっているように見える郡立病院複合施設の大きな建物に隠れて、ほとんど目立たなかった。クック郡検視局は、湖から真西に二十ブロックほど離れたハリソン・ストリートにあった。

なかへ入るのに、警察《ポリス》バッジが役に立った。それと、病理学者の名前を覚えていたのもよかった。これまでさんざん自分たちを悩ませてきた男が本当に死んだかどうか確認するために、メルとサムを先頭にここへやって来た中西部地区の幹部たちの目の前で、デリンジャーの検視を行った医師だ。待っていると、しばらくして医師が現れた。髪が薄く、縁なし眼鏡をかけ、忙しげに行き来する白衣の死の専門家たちと寸分変わらぬ姿だった。

「先生、俺のことを覚えてますか？」

「もちろんですとも。捜査局のスワガー特別捜査官ですよね？　先月デリンジャーを仕留めた人だ」

「まあ、仲間二人と協力してですがね。それに、デリンジャーを倒してもすべて解決とはいかなかった。まだ悪党は何人も残ってますからね。とりわけベビーフェイスがまだ逃げまわっているんでは」

「ベビーフェイスもそのうち死体仮置き台に載せられることでしょう。で、今日はどんなご用でここに？」

「実は、別の事件なのです。昨夜遅く、サウスサイドから新しい遺体が運ばれてきたと聞いてます。黒人男性で、名前はジョン・J……」

「ああ、ジョンソンさんね。とても立派な方でした。何があの人を狂わせたのか、さっぱりわかりません」

「検死はやらないんですよね？」

「四つの弾痕《だんこん》を見れば、検死は不要でしょう。遺族はとても悲しんでいて、遺体の返還を望んでいます。どうやら盛大な葬儀をするらしい。葬儀屋にふさわしい弔《とむら》いをね」

「ええ、遺族の立場は理解しています。いたずらに引き延ばして、彼らの苦しみを増やすつもりはありません。ただ、この件はいま取り組んでいる別の案件に関係があるので、血液サンプルを採取していただけると助かります。捜査局の化学者に調べさせたいので」

「スワガー特別捜査官、それには裁判所の命令が必要ですよ」

「ええ、それはわかっています。しかし、いま申し上げたように、これはジョンソン氏に関してではなく、似たような状況で亡くなった身元不明の男性の事案なのです。遺体は数週間前に埋葬されており、掘り起こすとなると、やる気のないいくつかの官庁をその気にさせるために大変な作業が必要になる。だから、非公式の基礎データが欲しいんです。それを見て、その身元不明者を掘り起こす価値があるかどうかを判断したい。ネルソンの件が最優先ですから、手間をはぶかなければなりません。それでも、この件が忘れ去られるのは我慢できないんです」

「つまり、非公式ですね。協力するのはやぶさかではないが、あとで責任を取らされるのはごめんだ」

「個人的なお願いです。捜査局の要請ではありません」

「まあ、お願いというならやれないこともないな。司法省から書類が送られてきたときと同じ扱いはできないが。まあ、何ができるかやってみましょう」

ジョンソン氏から一オンスの体液を採取するのに数分しかかからなかった。大部屋の横置き人体キャビネットで眠っている彼は、気にする様子はなかった。医師は素早く注射針を刺すと、黒っぽい液体を吸引し、あらかじめ〝ジョンソン〟と書いておいた小さな瓶に注入してスワガーに渡した。肥満体の故ジョンソン氏は、崇高な静けさに包まれて横たわっていた。目を穏やかに閉じ、表情は安らかで、落ち着いている。採取のあいだ、スワガーは遺体の指が丁寧に手入れされ、爪《つめ》がきれいに磨かれているのに気づいた。足の爪さえ申し分のない状態で、鉛筆のように細い口ひげは完璧に整えられ、髪にはきちんとマルセル式ウェーブがかかっている。体に開いた四つの穴を除くと、ジョン・J・ジョンソン葬儀社の営む葬式の合間に仮眠を取っているようにも見える。ワイシャツと濃い色のネクタイに喪服を着せれば、いまにも仕事を始めそうだ。

「ドク、自分の社会だけでなく、われわれの社会でも明らかに尊敬されている人物が、突然、警察官を絞め殺そうとするのは何が原因だと思われますか？」

「彼の血液が、何かヒントを与えてくれる可能性もないわけではない。もしだめなら、人種問題を扱う精神科医が必要になるでしょう。私も多くの黒人と知り合い、仕事を共にしているけど、ほとんどは立派な人間で、根っからの悪人がごくわずかであることは、われわれと同じです。それでも、彼らの脳の奥深くで何が起こっているのか、本当のところはわかっていない。われわれに対する憎しみを巧妙に隠していることも考えられる。彼らの祖先が育ったアフリカの平原で生まれた何らかの性格が関係しているのかもしれない。あるいは、人が一生のうちにときおりしてしまう、悪い決断である可能性もあるが、それはジョンソン氏のような何事も入念に準備しておける立派な人物ではなく、どちらかといえば劣った人々に当てはまるでしょう」

「しつこいようですが、誰かが分析しなければなりません。もちろん非公式にですが。ワシントンに送れば、ひと月も冷蔵庫で棚ざらしにされるかもしれない。州警察でもいいが、あそこの本部は……」

「ジャック・ハロウェルに連絡しますよ。ミシガン・アヴェニューをループから少し出たところにあるノースウェスタン大学医学部の男です。あそこの法医学研究室は、州の機関ではなく、おもに教育目的の仕事をしている。でも、多少ならそれ以外の仕事も引き受けてくれるでしょう。彼らにすれば、申し分ない案件ですから。インターンたちには良い教材になるし、書類や待ち時間なしで、現場捜査官を助けられるのですから」

そのあいだに、ほかの職務が生じていた。サムからの電話で本部に戻ると、セントポール市警がデリンジャー・ギャングのなかでも有名なホーマー・ヴァン・メーターの捕獲にあと一歩のところだと聞かされた。捜査局は現地に人員を派遣することになり、スワガーに白羽の矢が立った。彼はすぐにトライモーター機でミネソタ州の都市へ飛び、翌日には重火器を持った三人と共に捜索隊に組み入れられた。スワガーは自分が逮捕に大きな役割を果たせるとは思っていなかったが、実際そのとおりだった。すぐに、この捜索隊が市民の問題処理チームではなく、殺人部隊であるのがわかった。スワガーが四五口径を持って後ろに控えているあいだに、ほかの三人はセントポールの交差点にヴァン・メーターを追い詰めた。叫び声もなく、銃声だけが響いた。ギャングを仕留めたのはショットガンだった。それでも、歩行者が逃げまどうなか、トンプソン・サブマシンガンを持った男がヴァン・メーターを的に射撃練習を行った。指が三本、吹き飛ばされた。だが、それが一から十までギャングの街であるセントポールだった。ヴァン・メーターの話を聞こうとする人間など一人もいなかった。

スワガーがシカゴに戻ると、血液の分析が終わった旨の連絡が届いていた。

「ええ、確かに」と、若い医師ハロウェルは言った。「血液中からペントバルビタールの痕跡《こんせき》が微量見つかりました。バルビツール酸系と呼ばれる薬物の一種で、医療に使われるようになったのはつい最近です。基本的には鎮静剤で、人を落ち着かせます。過剰摂取すると命に関わることもあるので、きわめて慎重な管理が必要です」

「この薬はどこにでもあるものではないのですか？　稀少《きしょう》なものなのですか？」

「そうとも言えますが、処方される場合もあります。亡くなった人の年齢を考えると、心臓発作を抱えていた可能性もある。医師が気持ちを安定させるために、毎日少量服用するように処方していたのかもしれない。そういう処方箋《せん》は見つかりましたか？」

「調べてみる必要がありますね」

「なるほど。これは刑事事件なんですね」

「そうかもしれない。処方箋がなかったら、どうなるでしょう？　そんなものをどこから手に入れたのか？」

「誤って飲むとは考えられませんね。瓶には目立つような表示があったはずですから。静脈注射したとも考えられるが、遺体にその痕跡はなかった。あるいは、錠剤やシロップのかたちだったかもしれない。浣腸《かんちょう》薬として体内に入れた可能性も」

「そんなことをする五十五歳の成功者は想像できないな」

「まあ、そうでしょうね。でも、それ以外に説明がつかない。命に関わる危険な物質だから、パーティーの場や個人的な楽しみのために、マリファナやコカインのように楽しむものではない。ヘロイン中毒者だって、そんな危険なものは使いませんよ。わずかな過剰摂取でも致命的になり得る」

「毒殺の可能性は？」

「血液はどう摂取したかまでは教えてくれません。そこにあったということしか」

「当然だ。どうも考えがまとまらないな。だが、スポーツをする目的で薬物を使う人物とは思えない。何か秘密の生活があったのだろうか」

「そういう人は多いですよ。あなたが思っているほどめずらしくはない」

「俺は小さな町の保安官を長くやってきたから、そういうことはよく知っている。もっとも、何か突然の危機に直面して、悩みから解放されるために使った可能性はある。彼の立場なら知り合いの医者も多いだろうし、一時しのぎの手段を提供してくれる友人がいたはずだ」

「それは十分に考えられますね。危機を乗り切るために、一回限りの薬を手に入れたのかもしれない。問題は、リラックス効果を望むなら、もっと安全な薬がいくらでもあるのに、なぜそんなリスクを冒したかという点です」

「副作用はあるのですか?」

「たくさんあるし、どれも良いものではない。はっきりしているのは、夢見心地になり、楽しい気分を味わえる点ですね。やみつきになる危険があるほどに。ただし、行動変化も生じます。全員ではないが、危惧《きぐ》すべき割合で。突然、攻撃性が増す。妻との口論が増えたり、仕事や家族に対してイライラを募らせたりする。極端な場合は……」

「アルコールと組み合わせると?」

「そのとおりです、偶然にしろ、意図的にしろ。人格が変わり、責任能力を超えたことをしてしまう可能性がある」

8

雪が降って、庭を北極に変貌《へんぼう》させた。もっとも、トナカイの代わりに牛がいて、サンタクロースはサディアスだった。窓の外の景色は驚くほど白く、まだ輝きを放っている雪の塊があちこちに見えた。外はほどほどのマイナス十度で、湖は沖合二百メートルまで凍っていた。

「確かに、欠点はある」と、サディアスは言った。

「で、その欠点とは……」と、オスカーが口をはさんだ。

「基本的に、死を引き起こすことだ」と、サディアスが言った。

「それはまずいな」と、オスカーが言った。

二人は今回も、食肉処理場のうえにあるディケンズ調の事務所に腰を下ろしていた。

「その一方で、それがここでわれわれがしていることだ。殺しを仕事にしている。動物を缶詰めのシチューに変えることを。われわれは死のプロフェッショナルだ。だから、ほかの人間が尻込みしても、われわれは尻込みしてはならない」

「サディアス、それはちょっと心配だな」

「私はこう考えている。黙って聞いてくれ。これが私たちを救うことになるかもしれない」

「絞首台行きかもしれないぞ」

「われわれの公認獣医を通じて……名前は何といったかな？」

「ティビッツだったと思う。しばらく姿を見ていないが」

「どこかにいるはずだ」

「最近の人員削減で解雇したんじゃなかったか？」

「うーん、メモしておこう――ティビッツ博士の雇用の確認。とにかくわれわれは、合法的に病気の牛を処分するという理由でその物質を入手する」

「定義上――われわれの定義では――病気の牛なんてものはいない。動くものなら、殺して缶詰めにして売る」

「オスカー、最後まで言わせてくれ。われわれの魔法の薬で短期のプログラムを行うことにする。若い牝牛を三、四頭犠牲にして、適量を割り出すんだ。どこから彼らを殺し、どこまでが影響を与えず、どこが彼らを落ち着いて立っていさせられる魔法の中間点なのか。それを探し出そう。処理を始める前の家畜置き場で、単純に手順を一つ増やすだけだ。ごくシンプルで……」

「サディアス、一頭ずつ注射するつもりなのか？　おお、神よ、それは悪夢だ。また一つ渋滞のタネが増えて、ストレスと不安の原因になる。その結果、ダークカッターに分類される牛肉が減るどころか増えてしまう」

「ああ、そうだな。それは解決すべき問題だ。だが君の実践的な頭脳なら、すぐに何か策を思いつくだろう」

「餌《えさ》に混ぜ込む？　いや、飼い葉桶《おけ》で彼らが消費する餌の量を調整する方法がない。点眼薬？　馬鹿げている。気化した状態のものがある部屋を通過させる？　スプーンで与える？」

「私が考えていたのは……鼻からだ」

「どうやってガスにするんだ？」

「ガスにはしない。綿モスリンを溶液に浸して、牛が通路に入るとき、係が一頭一頭の鼻をそれで拭《ぬぐ》う。非常に即効性があると言われている。彼らは夢の国に入る。スロープをのんびり上がっていき、そこで待っている優秀な処理人《ノッカー》に次の世界へ送られる。肉に暗い血は混ざっておらず、乳酸が十分に含まれる。われわれは救われる。君はウイネトカに引っ越す。君の子供たち――いま何人だ、十二人か十三人か?」

「まだ四人だよ」

「君の子供たちは上流階級の立派な高校に行き、そこからイェール大学に進学する。君はミシガン州北部の大きな邸宅で引退生活を送り、狩猟や釣りで快適な日々を過ごし、感謝に満ちた目のちっちゃいオスカーたちの訪問を受ける」

「あるいは絞首台の階段を上り、看守と死刑執行人にこう説明する。『あのときは良い考えだと思ったんだがね』と」


正しい分量を見つけるのに、三頭の若い牝牛と一頭の去勢牛を犠牲にした。最初の牝牛は井戸に投げ込まれた石のようにばったりと倒れた。二頭目は少しよろめいてから倒れ、ぴくりともしなかった。三頭目は、グリコールとアルコール半々の溶液に一CCのペントバルビタールを混ぜたものを与えられると、脚をもつらせ、くつろぎ、従順になり、良い気分に浸《ひた》っているようだった。そして突然、床に倒れて眠りに落ち、六時間は目を覚まさなかった。処理通路でこれをやられてはにっちもさっちもいかなくなる。目的は牛の麻酔で、昼寝させることではない。

結局、グリコールとアルコールの溶液に0・8CCのペントバルビタールを加えたものが適切な比率であるらしいと、ニュージェンツ・ベストビーフの三人だけの研究チームは結論した。

「これが合法であることに確信がありますか?」と、トランジットハウス・ホテルのラウンジから呼び出されたティビッツ獣医師が言った。まだ完全に酔ってはいなかった。

「違法ではない。人体に害のない微量の添加物だ」と、オスカーが言った。

「そうですが、検査を通すには、複製を作らなければならない」

獣医師はそう言って、ちょうど溶液に鼻先を浸したばかりの去勢牛に目を向けた。牛は、撫《な》でたり、愛情のこもった言葉をささやいたり、家族の納屋で飼うために名前をつけてやりたくなるほど落ち着いていた。悲しげだが慈悲深い目で見つめ返し、ため息までついた。その目は、善意と愛情に満ちた光を放っていた。

「それをするには時間がかかる」と、サディアスが言った。「君が満足する前に、われわれは倒産してしまう。もっとも、満足する頃には君も仕事を失っているだろうから、いまここで同意したほうがいい。何と言っても、ここで働いているふりをするために、君にはかなりの額が支払われてきたんだからね」

「でも、せめて食品医薬品局(FDA)には報告すべきです」

「FDAなら何とかなると思う」と、サディアスが言った。「上級捜査官のチャーリー・オリヴァーとは親しくしているから」

「つまり、サディアスは長年、その男に最高級のフィレ肉と高級ワインを提供してきたということだ」と、オスカーが付け加えた。

「いいかね、先生。オスカー、君もよく聞け。試しに少しやってみて、その結果を追ってみよう。当面、改良した肉は刑務所にだけ出荷する。それがうまくいったら、もっと広く展開しよう。〝ロースティ・トースティ・フレーバー〟と呼ぶんだ！　財政的窮地を抜け出せるまで続ける。そして蓄積した資本を、さらに高品質の牛肉とさらに優秀な人材に投資する。ニュージェンツ・ベストビーフの転換点にするんだ！　ときがたてば、ここにいる全員が――牛も含めて――この小さなトリックのことなど忘れてしまうだろう」

それは、うまくいかなくなるまでは機能した。二月と三月を通して、ニュージェンツのセールスマンは〈ロースティ・トースティ〉を北東部の刑務所に売り込んだ。〝画期的な新フレーバー〟〝缶詰牛肉の価格で最高級牛肉の味〟〝新しい加工方法で価格を上げずに風味をアップ！〟等々。鉄格子ホテルに宿泊する者は文字どおりそれを平らげ、もっと要求した。

華々しい成功のあと、サディアスは獣医をトランジットハウス・ホテルのバーから呼び寄せた。

「ライン全部に適用することにした」

「サディアス、本当に確信があるのか？」

「二カ月間、利益を銀行に預けること以外に問題はなかったな」ティビッツはニュージェンツ・ベストビーフの株式をかなり持っていたので、罪の意識を押し殺した。多くの株が値下がりしているこの時代に、ニュージェンツ株はうなぎ上りに上がっていた。

「では、何が問題なんだ？」と、獣医師は尋ねた。

「もっと必要なんだ。大量にね」

「あれを大量に購入すれば、目を付けられるぞ。たとえ合法的であっても。それほど危険なものなんだ。ここは慎重にならなければいけない」ティビッツは乾いた唇を舐《な》めた。

「だから……君は幅広く製薬会社を当たってみてくれ。業界の中心から外れた会社なら、記録管理の杜撰《ずさん》なところがあるかもしれない。彼らは事業を必要としている。中心から遠く離れているので誰も注目していない。もしかしたら、倒産寸前かもしれない。君なら見つけられる。嗅ぎ出せるはずだ。中心人物に少しばかり金を払って、事を進められるかもしれない。ＦＤＡについては、いつもその手でうまくやっている」

「私は犯罪者ではないんだぞ、サディアス」

「私もそうだ。家族や、従業員の家族、そうだな、君の家族のためでなければ、こんなことは考えもしないさ。われわれはいくらか手数を省いているだけで、盗んだり、横領したり、恐喝したり、脅迫したりしているわけじゃない。悪質で危険なことは何もしていない」

「ときどき怖くなるんだ、サディアス」

サディアスは金額を口にした。

「勇気が出たかね？」

「ええ、だけどまだすっきりとは……」

サディアスは提示額を上げた。

「どうだね、そう難しくなかっただろう？」

9

「よし、ワシントン警官。君にはやるべき仕事がある」

「はい」と、黒人警官は言った。

二人は、シカゴ市警第四管区のワシントンが担当する区域に駐車したスワガーの車のなかにいた。

「もちろん、気の毒なジョンソン氏の事件のことは聞いているな」

「ええ。直接の知り合いです。立派な人だった」

「この事件と、俺が撃った男の事件との共通点が気になる。むろん、社会階層は別だが、どちらも突然激しい怒りに駆られて警官に襲いかかり、その結果撃たれた。どちらも、何が何だかわからず当惑した遺族を残している。君の話では、これに類似した事件がサウスサイドで頻繁《ひんぱん》に起きているとか?」

「全部で十件です。そのうち九件は六月初めからのものです」

「つまり、二カ月で九件ということか？」

「そういうことです」

「君はそのパターンに気づいたが、ほかには誰も気づかなかった」

「気づいた者もいるかもしれません。彼らにすれば、重要ではなかったのでしょう」

「私にとっては重要だ」

「スワガー捜査官、あなたは測りがたい人ですね。黒人に対するあなたの態度が理解できません」

「俺は大戦の塹壕《ざんごう》で長すぎる時間を過ごした。そこで多くの――またしても、いやというほど多くの――男たちが吹き飛ばされるのを見てきた。俺は身をもって学んだ。皮膚の色がどうあれ、中身はどんな人間も同じに見えることを。もしそうなら、黒人は白人と公平に扱われるべきだ。俺が殺した男のような貧しい黒人は、コステロが殺した裕福な黒人と同じ扱いを受けるべきだ。それだけのことだ」

「あなたは信仰心が篤《あつ》いほうですか？」

「ああ。でも、対象は自分の持っている四五口径だけだがね」

「私に何か望むことがありますか？」

「ああ。ジョンソン氏は、コミュニティでは有名人で、葬儀場の経営者でもあり、大変尊敬される立場にあったから、自分の葬儀場で花と絹に囲まれて葬られるだろう。だが、友人たちのあいだで——近所の黒人専門職、医師、弁護士などが集って、プライベートな別れの場が設けられるのではないかと思う。たぶんそれは公共の建物ではなく、彼の自宅で執り行われる可能性が高い。そういう人々はみな、重要人物として大事に扱われることを期待しているからね」

「そうでしょうね」

「君はそういう場に加われるかね？」

「二挺拳銃《ツー・ガン》はサウスサイドならどこでも歓迎されますよ」

「俺の期待どおりだな。君にやってほしいことが二つある。二種類の調査だ。一つ目はジョンソン氏の薬棚——たぶん、ベッドサイドテーブルだろう——に、処方されたペントバルビタールという鎮静剤があるかどうかを確認したい。それは法規上毒物と表示され、一日の摂取量が厳しく制限されている」

「わかりました」

「できるかね？　トイレに行くとか言って抜け出せばいい。瓶や容器の表示に目を通して、ペントバルビタールを探してくれ」

「できます」

「もう一つ、ジョンソン氏の生前の状況について細かく知りたい。最近、困難な立場に置かれたことはなかったか、何か厄介な家族問題を抱えていなかったか？　俺が殺した男は職を失い、復職の見込みがなかった。もしジョンソン氏にも同様のことが起きていたら、それがもう一つの共通点になる。そんな立場に置かれたら、ウイスキーよりはるかに安らぎと慰めを与えてくれる違法物質が突然魅力的に思え、救いを求めて摂取したかもしれない」

「よく耳をすましておきます」

「もう一つある。どうか、俺のほうは何をしたらいいか教えてくれ。食肉処理場での仕事は初日ですませたから、これ以上ここで時間をつぶしているわけにはいかない。クレッグ上級捜査官は時間をかけていいとは言っていたが、いま頃オフィスでは疑問の声が出始めてるだろう。ベビーフェイスが見つかって、俺の銃が必要にならなくても、猶予《ゆうよ》はせいぜいあと数日だ。だから、時間を賢明に使いたい」

「俺に考えがあります、スワガー捜査官。いまあなたが関心を持っている、狂気を感じさせる暴力沙汰は、相手が警官だけでなく、別の場面でも起きているかもしれない。図書館で新聞のファイルを当たって、家庭内暴力や、クラップゲーム、賭博《とばく》場、売春宿での突然の銃撃事件などを探してみてはどうでしょう。警官が撃ち殺した九件以外にも、俺たちが探しているタイプの事件がもっとたくさんあるかもしれません」

「いい考えだな、ワシントン警官」

10

ワシントンDCから戻ったサムは、都合の良いときに立ち寄ってほしいとスワガーに連絡してきた。それが彼のやり方で、〝都合の良いとき〟を〝いますぐ〟と解釈しない者は一人もいなかった。

「チャールズ、よかったら現状を教えてくれないか。クレッグ上級捜査官からは聞いているが、彼はあまり信用できないからね。メルとはもうほとんど話をしていないんで、彼が君を背後から操っているとしても知りようがない。教えてくれれば、その糸を切ってあげてもいいよ」

「いいえ、ご心配は無用です。相変わらず週に三回、若い連中を射撃場に連れて行っています。射撃の腕が上がらなくても、士気は上がりますので」

「デリンジャーに撃ち込んだ君の弾丸ほど、彼らの士気を高めたものはない。あれは格好の士気刺激剤だった」

「ありがとうございます」

サムは、薄くなりかけてはいるが決してなくなってはいない茶色がかった金髪と、開けっ広げな顔、角張った頭の持ち主だった。みんな知っていることだが、彼はモルモン教徒で、悪魔よりも懸命に働き、敬虔《けいけん》に祈り、大義を信じ、死ぬまで自分の義務を果たし続けるにちがいない人物だった。だが、ずる賢さも合わせもっており、それを使って自己宣伝は巧みだが軽薄な部分を持つメルをひそかにオフィスから追い出そうとしていた。メルを憎んでいるわけではない。彼は誰も憎んでいなかった。信仰が憎悪を許さなかった。ただ、有能な人材は大切にして昇進させるべきだが、そうでない者は害をもたらさない地位にそっと移動させるべきだと考えていた。

「チャールズ、サムと呼んでくれ。君はとても貴重な存在だから、形式的なことで悩ませたくない」

「ありがとうございます、サム。実はご相談があります。あわてて駆け込んでオフィスを騒がせるよりも、あなたが呼んでくれるのを待っていました」

「君が賢くないと言った人間は一人もいなかったぞ、チャールズ。それはストックヤードの一件かね？」

「そうです」

「ここではなく、知り合いのオフィスから聞いたんだが、君は第四管区——要するに処理場とサウスサイドのある地域でしばらく時間を過ごしていたそうだな」

「そのとおりです」

「まだ、あそこでベビーフェイスを探しているのか？」

「彼はあそこにはいません。帽子をかぶると、いくらか彼に似ているカウボーイがいるだけで。その若者には口髭を生やすよう言っておきました。そいつのほうがずっと唇が厚いので、ネルソンの子供っぽい薄い産毛《うぶげ》と間違われることはないでしょう」

「いいね。では、君をあそこに引き留めているのは何なんだね？」

スワガーはサムに、ジョージ・ロバーツを撃ったことを打ち明けた。

「現場にいたシカゴ市警の第四管区担当の黒人警官は、正式な報告書を作ると政治的な問題や書類作業がいくつか生じるから、避けたほうがいいと助言してくれました。死んだ男を身元不明として扱うべきだと。それで問題ないように思えたのでそうしましたが、もしかしたら判断を誤ったかもしれません」

「いや、誤りではないだろう。シカゴのアイルランド系を巻き込むと事態が複雑になり、時間や労力を使わされるし、結局あちらに主導権を握られる場合もある。彼らはわれわれの味方でもあり敵でもある存在だ。そんなことは、君にもわかっているだろうが」

「俺はあの男が襲いかかってきた理由を知りたいのです。愚かな行動です。誰でもときには愚かなことをしますし、人より頻繁に馬鹿なことをする人間もいます。ただそれだけのことだったのかもしれない。それなのに、俺はあの男を殺してしまった。黙ってそのまま立ち去るわけにはいかない。なぜそうなったのかを知る必要がある。男は爆発寸前の状態にあったのか？　アルコールがそうさせたのか？　あの連中が飲んでいるのは毒に近いもので、それが馬鹿なことをさせたのか？　聞いたところでは、男は不当に仕事を失ったばかりで、それが怒りを駆り立てたのかもしれません。あるいは……そう、救いを求めて摂取した何かが、逆に彼を狂わせたのか」

「つまり、酒と黒人の怒り以外のメカニズムが関与していると言いたいわけだな」

「そうです」

スワガーはさらに先を続け、ワシントン警官が発見した最近の出来事と、自分で『シカゴ・ディフェンダー』のコラム、〈市警事件簿《ポリス・ブロッター》〉を何時間も拾い読みして見つけた事実について説明した。

「〈ブロッター〉によると、六月以降の第四管区内の暴力による死亡件数は、昨年の同時期と比べて四〇パーセント近く増加しています。これには単なる殴打、発作的暴力、脅威とはなっても命に関わるものではない意見の不一致は含まれていません」

「だが君は、何か特定の物質が関係していると思うんだな？　ドラッグや薬物といったものか、あるいはある種の人間を凶暴化させるブードゥー教の呪《のろ》いなどが」

「葬儀屋のジョンソンの血液から、ペントバルビタールという薬物が検出されました。処方箋はなかったので、医療目的ではないでしょう。彼は父親、つまり葬儀場を創設したジョン・J・ジョンソン父の遺産をめぐって弟から訴えられていました。そういったことで、ストレスや怒り、不安を抱えていた。それで、即効性のあるナイト・トレインと呼ばれるものに頼ったのかもしれない。そうしてある日、分量が多すぎたのか、少なすぎたのかわからないが、間違って摂取してしまった。その結果――立派な人物が死ぬことになった。俺が殺したジョージ・ロバーツも、食肉加工業界で処理人《ノッカー》としての仕事を失ったことに苦々しい思いを抱いていた。そのうえ、業界のブラックリストに載ってしまったことも知っていた。家族を養えなくなった。彼もまた――それが何で、誰が売っているのか知らないが――ナイト・トレインに頼り、同じ結末を迎えることになった。ただ、引き金をひいたのがスワガー保安官だったという違いだけです。普通なら、こういったことは誰にも気づかれずに忘れ去られていくものです。スワガーはこれまで多くの人間を殺したことがあり、絶対に必要でない場合を除いて、二度と殺したくないと思っている。デリンジャーはやむを得ないし、ベビーフェイスもできれば倒したい。だが、貧しいスラムの労働者を殺すのは、そう、できるかぎり避けたいのです」

「それに、ロバーツが襲った相手は連邦捜査官だったのだから、われわれの所管と解釈してもよさそうだな」

「俺もそう考えています」

「よし、こういう案はどうだ。君は若者への射撃指導を続けながら、いつでもセントポールへの派遣のような任務につく準備しておく。だが、そういう予定がないときは第四管区に出向き、ワシントン警官と共に調査を続ける。報告は私だけに行う。この調査に捜査局の公式な承認を与えるかどうかは、今後の成り行き次第だ。その間、私は忌《い》まわしいクレッグが君を邪魔しないようにする」

「ありがとうございます、サム。一つ、俺にはできないが、あなたには答えられる質問があります。食品医薬品局（ＦＤＡ）に知らせたほうがいいでしょうか？　今度の件はある程度、彼らの領域に踏み込んでいます。何と言っても、食品と薬物に関することですから。それに、ある組織が自分の庭先に勝手に踏み込まれていると感じたとき、事態がどれほど複雑なものになるか、俺はよく知っています」

「私の答えは、少なくとも現時点ではノーだ。FDAは〝古い〟官庁のなかでも最悪と見なされている。だから少なくともこの段階で――誰が誰で、なぜそうなのかもわからない状況で――彼らを巻き込むのは逆効果としか言いようのない結果になる可能性がある。まずは慎重に証拠を積み上げ、それから贈り物のように差し出そう。そうすれば、彼らも最初から邪魔することはできないだろう」

「わかりました」それこそ、まさにスワガーが望んでいた答えだった。

11

欠けていく途中の凸月《とつげつ》が、疾走する雲の背後にときおり姿を現す。普通なら骨白色であるはずの天からの光が、大気汚染のせいで胆汁《たんじゅう》のような茶褐色に見える。ここはクック郡黒人無縁墓地と名づけられたシカゴのゴルゴタの丘――起伏のある丘陵地で、市のゴミの一部（ほかにも六カ所あった）を引き受けて日々蓄積していく投棄場からすぐのところにあり、ドイツ軍のガス攻撃を受けたあとの西部戦線もかくやという悪臭が漂っていた。ループから南西方向の郡の外れにあって、シカゴの華やかさとは縁遠い場所だった。数千キロも離れているように見える湖畔《こはん》の超高層ビル群は、地平線に集まる光の玉となってはるか遠くでその存在を主張していた。

ここの記録管理はきわめて杜撰で、まったく残っていないものもあった。そのためワシントン警官が頼れるのは、乱雑に紙に書き込まれた日々の記録だけで、捜査を進める基盤としてはいささか頼りなかった。彼の計算では、ロバーツの遺体は法律に従って、殺害された日から二週間、市の死体安置所に保管されて引き取り手を待っていた。そして、引き取り手が現れなければここに運ばれ、おおざっぱに分けられた区画に埋葬されたはずだった。記録には、ロバーツの死から十四日後に遺体の受け入れが一件あったと記されていた。そこでワシントンとスワガーは、憂鬱《ゆううつ》ではあったがそれなりの期待を抱いて、ランタンとシャベルを手にここへやって来た。

「スワガー捜査官、こういう仕事は通常黒人にまかされるものですよ」

「黒人も白人も俺には関係ない。ツー・ガンにできるなら、俺にもできる」

「さすがのツー・ガンも、この件には腸《はらわた》が煮えくり返っていますよ」

「汚れ仕事は俺にまかせろ。殺人が起きているのなら、それを止め、殺人者を罰しなければならない。そういう仕組みがなくなれば、何もかも失われてしまう。俺はやるべきことをやるだけだ」

ランタンの光は伸び放題の雑草を照らしただけで、何も教えてくれなかった。かつて人間だったものの存在を示す標識も、番号も、杭《くい》も見えなかった。

「捜査官、最近のことだから、地面が掘り起こされた跡が残っているはずですよ。こんな弱い光では見えなくても、さわればわかるかもしれない」

「いいだろう。俺が……」

「二人でひざまずいて探してみましょう」

二人は手と膝を地面について区画を這《は》いまわり、新たに掘り返されたか、あるいは最近埋め直された箇所を手で探った。何時間もかかったように思えたが、実際には一時間ほどたった頃、ワシントンが叫んだ。「スワガー捜査官。ここを試してみてください」

スワガーが行ってみると、確かにワシントンが見つけた場所はあまり熱心に固めなかったらしく、土の表面がゆるくなっていた。縦二メートル、横一メートルの土地の地面がでこぼこになっているのを、ランタンの光が照らし出した。

「墓地の作業員は真面目に仕事をしなかったようだな」と、スワガーが言った。「それほど時間はかからんだろう」

「じゃあ、本当に血液を採取するんですか？」

「そうなんだが、こんなに時間がたつと楽ではない。死斑《しはん》と呼ばれる状態になっているから、血液が重力で体の低いほうに沈んでいる。だから、体の低い部分まで手を伸ばして、血液を掻《か》き出す必要がある」

「では、針は必要ないんですね？」

「針では不十分だと言われた。もっと原始的な手段を使わなければならない。不快な作業だし、できれば避けたいが、好みをどうこう言っている場合ではないからな」

二人は地面の両端から掘り始めた。予想どおり土は掘りやすく、それほど深く掘らないうちに棺《ひつぎ》が姿を現した。なかに何があるにせよ、まもなく失われることになる。もしかしたら、すでに手遅れかもしれない。

二人は棺を最後まで掘り出さず、ワシントンがそのうえに飛び乗って、シャベルをてこにして蓋《ふた》の上部四分の一を折り取った。ランタンの光が、モスリンでゆるく包まれた頭部らしきものを照らし出す。

「彼は気にしないでしょうね」

「そう願おう。でなければ、これから起こることに大いに頭を悩ませるだろうから」

ワシントンはポケットナイフを取り出し、覆いの布を切り裂いて剝がした。

スワガーはランタンの光で調べた。これはロバーツだろうか？　そうだとは思ったが、実際には発砲する前にほんの一、二分顔を見ただけだった。それでもジョージ・ロバーツの晩年の姿である、痩せこけ、怒りの表情を浮かべた様子は目にしていた。確証になるものは何もなかったが、かといって否定するものも見当たらない。さらにモスリンの布を剝がして胸を露出させた。あった。胸の中心に一つのカップで覆い隠せるほど近接した三つの弾痕が見えた。

「スワガー捜査官、あなたは凄腕《すごうで》の射撃手なんですね」

「練習しすぎたんだ、ワシントン警官」

そこで最も恐ろしい部分にたどり着いた。

「ワシントン警官、戦争経験は？」

「若すぎましてね」

「俺は、まあ、前にも言ったように経験がある。何度か接近戦もやった。だから、シャベルで敵を殺したこともある。もしそういう経験がないなら、顔をそむけておけ。気持ちの良いものではないからな」

「捜査官、私はこの件にとことん深入りしているんです。できるかぎり手伝いますよ」

「では、ランタンを持っていてくれ。私が何をしているか見えるように、そして必要以上にひどいことにならないように」

ワシントンは位置を調整し、死体の顔にランタンを向けた。

スワガーは深呼吸をし、シャベルの刃を死体の閉じた目に平行になるように近づけた。その先端を両目のあいだのもろい鼻梁《びりょう》に合わせ、もう一度息を大きく吸い込んでから前に押し出した。刃が食い込み、すべる感触があった。

スワガーは目を凝らした。頭部は確かに冒瀆《ぼうとく》が行われていたが、鼻梁は持ちこたえ、ゆがんだ顔のどこにも血は見えなかった。

「もう一度だ」と言って、一九一八年に殺したドイツ人軍曹のことを思い出そうとした。そのときは塹壕用スコップを横向きに持ち、シャベルの角を斧《おの》のように振り下ろした。ドイツ野郎がライフルに取り付けた恐ろしい銃剣で襲いかかってきたのだから、そうするのがよいと思った。そのときは骨の砕ける音をして、血が噴き出すのを見えた。今回は違った。

もう一度強く叩きつけると、シャベルはふたたび跳ね返った。生気のない皮膚を引き裂き、顔を破壊したが、血は出なかった。

三回目の一撃で骨が砕け、鼻梁のうえの眉間《みけん》がへこんだ。

「やりましたね」と、ワシントンが言った。

スワガーは身を屈め、砕けた骨の板のなかの、密度のある脳らしきものを見据えた。ここからが最も恐ろしい部分だ。彼は上着のポケットから小瓶を取り出して蓋を開け、片手に持ったまま、もう一方の手で眉間の空洞に手を入れ、脳を引っ張り出した。腐った果物のような感触だったが、必要なだけ引き出すのは簡単だった。ジョージ・ロバーツのすべてだったもの、そしてこれからもそうであるものが、スワガーの左手に握られていた。バナナのような感触で、硬さと柔らかさ、繊維と粥《かゆ》の両方を合わせ持っていた。右手で小瓶を空洞に挿入し、頭蓋《ずがい》の後ろの湿った土のような部分を掻き取った。そこに血が溜まっていた。小瓶を引き抜くと、半分ほど血で満たされているのが見えた。これ以上は無理だと判断し、スワガーは小瓶の蓋を閉めた。

「やれやれ」と、彼は言った。「すぐに片づけて、ここを出よう」

「ミスター・スワガー、後始末は俺がやります。きれいにするあいだ、あなたはあそこで休んでいてください」

スワガーはその提案に反論せず、言われたとおりにした。

スワガーはノースウェスタン大学に血液を届けたあと、シカゴ市警本部の射撃場に出向いて、出先機関に新たに入った局員に拳銃の理論と実践の指導を行った。例によって、局員たちには体の大きさではなく、階級ごとに支給される銃が決まっていた。規定でそうなっており、捜査局もそれに従っていた。スワガーは二十分かけてその愚かな規定の履行を免除させると、各人の手に合った銃を配布した。そうすることで、頑丈な手と強い前腕を持つ大柄な者は政府支給のコルト四五口径オートマチックを、もっと細身で小柄な者はコルト三八口径リボルバーを使うことになった。こうすれば、どちらのグループも自分の銃を恐れたり嫌ったりせず、進んで技能の維持に必要な練習を行うはずだ。

　そのあと、射撃訓練に移った。うまい者もいれば、そうでない者もいた。運動能力の問題だった。手と目の協調に優れた者はやすやすと弾を的の中心に集中させられるが、そうでない者は人型ターゲット全体に穴を開けてしまう。

「覚えておくんだ」と、スワガーは言った。「実戦になれば、君たちは最悪の自分に戻る。だから、自分の最悪の一発を見ておいてくれ。それが君たちの命を救うために撃つ一発になる。だからこそ、すべての弾を望んだ場所に命中させることが肝心だ。これはカウボーイとインディアンごっこではない。徹頭徹尾、妥協を許さない男の仕事だ。技術が向上すればするほど、生き残る可能性は高くなる」

　訓練を終えて捜査局に戻ると、〝ノースウェスタン大学のハロウェル博士から電話あり〟のメモが置いてあった。

　電話をかけ、いくつか内線を回されたのちに、博士とつながった。

「どうでした、博士？」

「そうですね、血液はかなり分解していましたが、同じペントバルビタールを検出できました。実際、前の遺体よりも高い割合でしたね。この人は撃たれなくても、まもなく死んでいたでしょう」

「なるほど。とても有益な情報です、博士。次は、この薬物に焦点を絞って捜査するのがよさそうだ」

「あなたは、誰かがこの薬物を何かの気晴らしの目的で販売しているとお考えなのですか？」

「ええ、そうです。ちょっと耳にしただけですが、この薬物は〝ナイト・トレイン〟と呼ばれているらしい。非常に強い効果があり、この世界で直面している問題から即座に人を連れ出し、キャンディと幸せの国へ魔法の旅に連れて行くようです。まだ使用方法や、誰が販売しているのか、どこから来たものなのかはわかりません。いまのところ、黒人に限定して売られていると思われる。まるで、この件の背後にいる者は、この薬物が白人を殺し始めたら大変な騒ぎになり、暴動が起きる可能性があるのを知っているかのようだ。だが、第四管区だけで売られていれば、真相を明らかにしようという者は出てこない。警察は捜査をせず、連邦当局は無視する。この件を追跡するには、黒人向けの新聞の市警事件簿を読むしか方法がない」

「それがどれほど危険で無責任なことか、ひと口ではとても言い表せません。ヘロインよりもはるかに致命的です。体は驚くほど大量のヘロインに耐えられるが、ペントバルビタールのほうは、限度をほんのわずか超えただけで死にいたる。処刑手段に使えるほどです」

「俺たちみたいに、この件に気づいた人間が気にしているのもその点です。それに、ほかにも謎《なぞ》がある。通常、ドラッグを使えばかなりの痕跡が残ります。大都市でも小さな町でも、警官なら何が見つかるかよく知っている。ヘロインなら、注射針に曲がったスプーン、静脈を浮かび上がらせるために腕に巻くゴム管。コカインなら、必ずこぼれるから、白い粉の粒があちこちに残っているし、しわくちゃになった包装紙の断片かマッチ箱、剃刀《かみそり》の刃といった、まっすぐな硬い縁を持つものが見つかる。それで粉の筋を作ってから、厚紙でできた小さな漏斗《ろうと》を通して強く鼻に吸い込む。使用済みの漏斗もよく残ってます。一回分吸い込むと、警戒心がゆるむからです。いまの気分を楽しむことしか頭になくなる。アヘンはおもに中華街に限られますが、磁器の長いパイプや水パイプが使われ、フッカーと呼ばれる水ギセルを通して煙を吸い込む。ところが、パイプもフッカーも見つからない。アジア人が関わっている兆候はまったくない。アジア人が関与していれば、この街の人間は必ず気づくはずです」

「だが、そういった形跡がここには何一つない？」

「何一つないのです。使用現場の痕跡も見当たらない。破片も、ゴミも、置き忘れられたものも。アジア人も白人もいません。もしかしたら、瓶から直《じか》に飲んでいるのかもしれない」

「それは危険すぎる。二口飲めば、売人は死体の処理に困ることになります」

「つまり、彼らは配布と摂取の新しい手段を編み出したのでしょう。痕跡を残さないか、あとで簡単に片付けられるものです。俺が興味を持っているのは、薬物が引き起こす激怒や狂気です。俺たちがこの件に気づいたのは、正気を失って他人を攻撃する事件があまりに多かったからです。武装した警官を襲い、あなたが言うように、その結果、死亡する事例が頻発している」

「おそらく、ペントバルビタールの副作用でしょう。使う人間が多くなればなるほど、事件も増える」

「では、それほどの量のペントバルビタールをどこから入手しているのでしょうか？」

「ほとんどの病院は在庫を少量持っていますが、厳重に管理している。誰かが盗んでいる可能性はあるが、大量に盗むのは難しい。もう一つの可能性は医薬品の供給業者です。彼らは病院より多くの在庫を持っていますが、やはり安全管理は大変厳重に行っています。注文するには許可が必要だし、認証取得機関に所属する医学《M》博士《D》かＤＶ

Mでなければならない。それでも、大量に注文すれば間違いなく注目を浴びるでしょう」

「なるほど」スワガーは何か聞き忘れた気がしたが、すぐに思いついた。

「ところで、DVMとは何のことですか?」

「獣医学博士です。大型動物には、安楽死の手段や麻酔として広く使用されています」

「どういう意味か……」

「言葉足らずでした。動物用です。彼らを安楽死させたり、鎮痛したりするために使われています。〝彼ら〟とは、牛のことです」

その言葉は、スワガーの疑いを裏付けるものだった。

医師は、さらにこう付け加えた。「もしこの悪党どもを追跡するのであれば、私には一つの道しか見えませんね。医薬品供給会社を調べることです」

12

「それで、もしベビーフェイスの目撃情報が入って、逮捕チームに最高の腕利きが必要になったときに、彼がツー・ガンとかいう有色人種の警官と一緒にぶらついていたらどうなるんだね？」と、クレッグは知りたがった。

「チャールズ」と、パーヴィスはスワガーに言った。「ヒューが言っているのは、君の才能はどんな作戦にも必要不可欠であり、君がいるだけで経験の浅い若者も自信が持てるという意味だよ」

ついに、バンカーズ・ビルディングで真実を語るときが来た。スワガーはいま、司法省捜査局のポンティオ・ピラト（イエスを十字架に掛け処刑したローマのユダヤ総督）とその上司のローマ人の前に座っていた。

「わかっています。俺は命令に逆らったり、反乱を起こしたりしているわけではありません。嘘《うそ》ではない。確認していただければわかりますが、エド・ホリスには常に所在を報告しています。何か緊急の事態が起きれば、第四管区の警察車両のサイレンを鳴らして、サウスサイドからでもループからでもただちに戻ってこられます。それに、だいたいの場合、犯人の発見や逮捕のチャンスは前もって予想できるものです。デリンジャーとヴァン・メーターのときもそうでした。フロイドとネルソンについてもそうなるでしょう。情報を入手し、証拠を見つけ、パターンを解明すれば、作戦を立てる時間は十分にあるのです」

「わかっているよ、チャールズ」と、パーヴィスは穏やかな笑みを浮かべて言った。「君が第四管区のこの事件に情熱を傾けるのは、自分の命を狙われたからだろう。警官はよく、個人的な問題を聖戦に仕立て上げるものだからな。私としては、無理に事件から遠ざけて、君に恨まれたくはない。いまは八月の暑い盛りで、ギャングさえ事を荒立てるのを嫌う季節であるのもわかっている。でも、これだけは私からのお願いだと思ってくれ。その第四管区の件にはできるだけ早くケリをつけてほしい」

「お約束します」と、スワガーは答えた。一時間後、シルヴェスター・ワシントンに電話で次のように言ったのはそのためだった。「バンカーズ・ビルディングでは、そっちで起きてることは放っておいて、持ち場を動くなという圧力がますます強まっている」

ワシントンは少し間を置いて言った。「つまり、さらに多くの黒人が人生の盛りの前に命を落とし、ナイト・トレインを売ってる連中はますます儲かるというわけですね」

「そんなことは許せない。何か方法があるはずだ。こういう場合、ツー・ガンならどうする？」

「使用者の口を割らせる。どこから来ているのかを突き止める。ある晩、銃を撃ちまくって突入する。夜明けとともに姿を消す。あなたが大戦で指揮した急襲作戦のように」

「そうなるかもしれない。だから、そう、君の仕事は話を聞けそうな薬物使用者を見つけることだ。俺のほうは電話で探りを入れる。中西部で大量のペントバルビタールを動かしている可能性のある二十九の製薬会社に電話をかける。合法的に買った者がわかれば、違法にそれを利用している者にもう一歩近づけるだろう」

刑事のする不愉快な仕事のなかでも、これが一番不愉快だった。リストを見ながら闇雲に電話をかけると、かけた人間の所属先に恐れ入る者もいれば、そうでない者もいる。嘘をつく者もいれば、そうでない者もいる。半分の真実しか教えてくれない者もいれば、そうでない者もいる。こちらの質問に興味を示す者もいれば、そうでない者もいる。何といっても難しいのは、テーブル越しに顔が見えるときとは違って、目の動きや、乾いた唇を素早く舐める舌、答える前に唾《つば》をごくりと飲むのが見えないせいで、男であれ女であれ、相手の人となりを読み取れない点である。

そのため、二十九本もかけた電話のなかで、探りを入れたときにはっきり相手が不安になるのを感じ取れたのはわずか三件だった。そのうち二つはダウナーズ・グローブにある会社で、日帰りで訪ねることができた。もう一つはウィスコンシン州ラクロスにあったので、少なくとも一泊は覚悟しなければならなかった。おそらく一千人の警官がいれば、そのうち九百九十九人は、結局のところ、それを裏付ける証拠はまったく具体性のないものであると考えて、一泊旅行の苦行をあきらめたことだろう。だがスワガーは、シャツに虫が忍び込んだら、その虫を潰《つぶ》して、検視室の死体仮置き台のうえに載せるまで満足しない人間だった。

そこで、彼は正式な休日である土曜日の午前五時三十分に出発してラクロスに向かった。車で北西に三百二十キロ、八時間ほどの距離だった。やがて鉄道線路沿いに、これまで見たことがないほど無個性な、〈マゼラン医療製薬用品〉と表示された平凡なレンガ造りの建物を見つけた。

「電話でお話ししたように」と、その会社のオーナーであるマゼラン博士は言った。「これは失敗作なんです。素晴らしいアイデアだと思ったのですが、またしても失敗に終わった。まあ、完全な失敗というわけではありませんが、輝かしい成功でもなかった。収支とんとんというところでしょう。私は完全な成功にも完全な失敗にも縁のない退屈な人間の一人なのです。何事につけ、もたもたと手際が悪い」

「私の感じでは」と、長身で屈強な警官が、背の低い太った医師兼失敗した資本家に言った。「ほとんどの人はもたもたと手際が悪いものですよ」

「では、特別捜査官、会計部に行って、少々乱雑な記録をもたもたと調べて、ペントバルビタールの件についてご満足いただけるかどうかを見てみましょう」

「博士、可能であれば、その物質を見せていただきたいのですが。自分の探しているものを知っておくと役に立ちます」

「もちろんです」と、マゼラン博士は言った。「ほかにはがっかりされても、危険な薬物に関するわれわれの保安措置には感心してもらえると思います」

「きっとそうでしょう」と、スワガーは言った。そして確かに、彼は感心した。金庫は大きな供給室の一角にあり、小さな都市の銀行ほどの大きさで、砲弾も貫通しそうにない要塞《ようさい》のようなレンガで囲まれていた。博士は言った。「組み合わせ番号を知っているのは私だけで、注文が来たときだけ開けます。そうすれば、盗難がないことを確認できます」彼はしばらく錠前に取り組んでいた。三十六に合わせる前にダイヤルを二回まわすのか三回まわすのか少し迷っているようだった。結局、三回だった。重い扉が開くと、誘惑と死が棚に整然と並べられた小部屋が現れた。

「私はこれをパンドラの箱と呼んでいます。世界の厄介事のすべてがここにあるので。医療用ヘロイン、コカイン、それに大麻まで。そうです、これも薬として処方されているんです！　強い不安のせいで厄介な消化器系の症状が出た場合などに。それに、睡眠薬の錠剤や粉末――羊を数えなくても夢の国に連れて行ってくれるものがすべてそろっています。どれも、過剰使用すれば危険なものばかりですが、なかでも最も危険なのがこれ――ペントバルビタールです」

博士は、段ボールの箱に小さなガラス瓶がずらりと何列も並んでいる棚を指さした。

「どうぞ、特別捜査官。手に取ってみてください」

スワガーは一本取り出した。ラベルで一番目立つのは黒いドクロだが、それ以外にマサチューセッツ州フラミンガムのアップジョン製薬の商品番号と、〝二十五ＣＣ、ペントバルビタール・ナトリウム、きわめて危険。ＭＤＳないしＤＶＭのみ投与可〟という小さな文字が書かれていた。

瓶は茶色で、キャップの中央にゴムの部分があり、そこに注射針を挿して少量を抜き取れるようになっている。

「液体でしか売られていないのですか？」

「睡眠薬としてはね。成分をかなり希釈したものが、錠剤で売られていますが。ネンブタールと呼ばれていて、ほかの有効成分も入っています。意識を失わせるのではなく、そっと眠りに誘うためのものです。パッケージをごらんになりますか？　イエロージャケットと呼ばれるフェノバルビタールのカプセルです。残念ながら、犯罪にも使われているようですが」

「いえ、結構です」と、スワガーは言った。「ここにある薬品の出入庫は全部記録に残っているんでしょうね」

「まあ」と、マゼラン博士は言った。「規則上はそうです。そして、これも規則上は、食品医薬品局が年に一度チェックしに来て、問題がないかどうかを確認します。しかし、ＦＤＡは、その……」

「問題があると聞いています」

「彼らの基準は司法省ほど高くないとだけ言っておきましょう。実際この四年、姿を見せていません。確かチャールズ・オリヴァーという人でしたが、来てもたいていい、ぞんざいにすませていましたね」

「彼の無関心のせいで、どんな影響が出ましたか？」

「そうですね、年次検査の脅威がないと、われわれの規律は基準以下に下がるかもしれない」

「つまり、記録は信頼できないということですか？」

「確かに、そう言わざるを得ませんね。メイベルのせいですが」

「メイベルとは？」

「このまま経理部に移動すると、残念ながらわれわれはメイベルに遭遇することになります。妻の兄の妻です」

〝経理部〟と呼ばれる場所は、〝無経理〟と呼んだほうがふさわしかった。机のうえに紙の山が積み重なっているだけで、一部は埃をかぶっている。ファイリングキャビネットも半開きのままのものがいくつかあり、灰皿には一週間前のたばこの吸い殻が山積みになっていた。トイレからは、家畜小屋並みの悪臭が漂ってくる。

「私の帝国の中枢です」と、哀れなマゼラン博士は言った。

「でも、弁護士や地元の法執行機関に言われてきたわけではないのに、俺のためにここまで時間と労力を割いてくださり感謝しています」

「まあ、今日は一つ良いことをしようとしたとは言えるでしょうね」

ファイルはどうやらメイベルという女性が管理しており、彼女には彼女なりのやり方があるようだった。

「ペントバルビタールについても?」と、スワガーは尋ねた。

「メイベルは在庫の危険性という観点にあまり関心がありません。彼女にとっては、すべてが商品で、それ以上の区別はしません。馬鹿げていると言われるかもしれないが、もし彼女を誰かと交代させようとすれば、そこで生じる家族問題は、連邦政府が私に対して起こすどんな問題よりも厄介なものになるでしょうね」

「では、メイベルが私たちのために用意してくれたものを見てみましょう」

メイベル!　メイベル、メイベル、メイベル!　メイベル、この馬鹿!　彼女が用意したものは、怠慢と無関心の両方が生み出した混沌そのものだった。ファイルは定期的に管理されなければ意味がないのに、メイベルの怠慢ぶりはひどいもので、ここに一日、あそこに二日というように記録があちこちで抜けていた。さらに悪いことに、彼女は管理原則なるものをいっさい持ち合わせていなかった。

「彼女に電話をして、ここに来てもらうことはできないでしょうか?」と、スワガーは尋ねた。

「いえいえ、とんでもない。彼女は夫に不満を訴えるでしょう。夫は私の妻の兄で、それが妻の耳に入れば大変なことになる」

バッジを見せて怒鳴りつけ、強硬手段に出るべきか？　スワガーはそうしないことにした。

「俺は今年の五月、もしかしたら六月初めに始まった一連の薬物関連事件を調べています」スワガーは五月十九日のストックヤードの火災を始点にしていた。それ以前には第四管区における暴力事件の増加の記録はなかった。

「うーん」と、マゼラン博士は言った。「そうですね、一部は購入者のアルファベット順、一部は購入日順になっています」

引き出しをあちこち開け、なかを探った結果、ようやく問題の月を見つけたが、その月の〝支払済み〟と記された請求書には大きな販売額のものはなかった。

「よし」と、スワガーは言った。「ここでちょっと休みましょう。もう少し深く考えてみます」

「誰かがペントバルビタールを悪用していて、それが五月以降に始まったと言うのなら」と、博士は言った。「その人間はそれ以前に薬物を入手していなければならない。実験して適正量を決め、配達網を作らなければならないので、最終的に街頭で売り出すまでには時間がかかる。もっとも、うちの顧客は全員、薬物の取得については適切な書類を提出していたはずです」

「わかりました」と、スワガーは言った。「では、要素を追加しましょう。いま、この件が五月に起きたストックヤード一帯の火災に関連している可能性が出てきました。経験豊富な犯罪者が自分たちの動きを隠すために利用できる混乱が生じたからです。もっとも、彼らが火災を利用するためには、その前に薬物があそこになければならない。となると、三月と四月を調べたほうがよさそうだ」

成功！　三月と四月の記録が見つかった。

失敗！　三月にも、四月にもペントバルビタールの販売はなかった。

一月の記録も見つかったが、販売実績はなく、二月の記録はついに見つからなかった。

午後のほとんどを費やして様々な管理原則を試してみたが、書類が出てきても成果は得られなかった。

「これでは何も見つからないかもしれませんね」と、博士は言った。「あなたの努力を考えると、方法が間違っているように思えます」

「この仕事はそういうものなんです。掘って掘って掘り続けても、ほとんどの場合、さらに多くの土しか出てこない。あなたは誠実に努力をしてくれた。あなたのご親切には……」

「ちょっと待ってください」と、博士は言った。「そう言えば、二月にメイベルは二週間留守にしました。入院したのです。〝女性の問題〟としか聞いていませんが。ステラが代わりを務めました。ステラになら、すぐにも電話できます。家族ではありませんから。本職は倉庫の現場責任者ですが、一流の人材です。ちょっと確認してみましょう」

数分後、マゼラン博士のオフィスで、博士は満面の笑みを浮かべながら電話を切った。

「ステラはメイベルのいい加減さを知っていて、自分のした仕事が混沌のなかに消えるのを望まなかった。だから、それをキャビネットにはしまわなかったのです」

「では、どこに……」

「彼女の机のなかです！」

一九三四年三月

13

サディアスはその午後、ニューヨーク州スケネクタディ郡の刑務所機構の調達担当者とストックヤード・インで昼食を共にし、相手の好みの焼き方を聞いて注文した分厚いサーロインステーキを振る舞った。彼はいま、ニュージェンツの新製品〈ロースティ・トースティ・ビーフシチュー、ママの料理そのまま〉三百ケースの注文を成立させたところだった。というのも、囚人たちが大幅に値引きして提供したこの製品の最初の五十ケースを大いに気に入ってくれたからだ。

「あなたは材料にUSプライムビーフを使って、それを一ガロン缶十九セントで売るんですか、ニュージェントさん？」

「いいえ。これは秘密の新加工技術なんです」と、サディアスは熱をこめて言った。「いまや大手がこぞって欲しがっています。いずれ一番高値を付けた入札者に売るかもしれませんが、いまのところは名声と商売繁盛を楽しもうと思っています。ここまで来るのに、ずいぶん時間がかかりましたからね！」

ポートワインとシガーを味わってから、二人は別れた。サディアスのポケットには、額面三千二百ドルのニューヨーク州発行の小切手が入っていた。それは経理部に預けるつもりだった。とても幸せな気分に浸っていたので、汚れた残雪や排泄物《はいせつぶつ》の臭いが気にならなかった。彼は喜色満面で小切手を経理部に渡した。その楽しい仕事を終えると、自分のオフィスに戻り、もう一本シガーを吸い、ポートワインではなく、最近合法化されたライ・ウイスキーを一杯飲んだ。ライを口に入れると、清冽《せいれつ》で純粋な炎が喉を下っていくような感じがした。その喜びを損なうのは、隣の有機肥料会社から漂ってくる臭いだけだった。

そのとき、ドアをノックする音が聞こえた。せっぱつまった、パニックに突き動かされたようなノックだった。それをきっかけに、サディアスを取り巻く世界が一変した。しかもその変化は永遠に続く可能性があった。

「サディアス？　開けろよ、くそっ」

もちろん、それは彼の家政管理人で、腹心の友で、共謀者であるオスカー・ベントリーだ。そんなに気安くサディアスに話しかける勇気を持つ雇い人はほかにいなかった。

「はいはい」と、サディアスは応じた。「開いているよ」

オスカーがあわただしく入ってきた。事の緊急性が彼の動きを支配し、本来の優雅さを奪っていた。いつもと同じく、コーデュロイの作業ズボン、重い靴、緑の綿シャツ、きつく締めた緑のネクタイ、常に頭に載っているフェドーラ帽といういでたちだった。

「まああ」と、サディアスは言った。グラスに残っているパイクスヴィル・ライを飲みほすのを楽しみにしながら、スケネクタディ郡との大きな取引の余韻に浸っていた。「落ち着け、オスカー。一杯飲めよ。いったい何が……」

「七だ」と、飲み物には見向きもせず、オスカーが言った。

「何が七だ？　枢機卿《すうきけい》の数か？　ホームランの数か？　野球の開幕まで七週ということか？」

「死者の数だ」

「悲劇だが、大惨事というほどでもないな。死んだのは人間か？　牝牛か？　それとも希望と夢か？」

「囚人だ」

そのひと言で、サディアスは何が起きたかを理解した。

「メイン州ショーシャンクだ。あそこには大きな刑務所がある。発表では、食中毒だと言っている。一週間で囚人が七人。前例のないことだ」

「そこにわれわれの……」

「そうだ、われわれが製品を――」

「どれくらいの量だ？」

「二百四十ケース。一缶一ガロン、一ケース八缶」

「いつの話だ？」

「三週間前」

「われわれのせいじゃないかもしれない」

「それは疑わしいな」

「だからといって、うちに責任があるとは限らない。メイン州だぞ、衛生管理について何がわかるというんだ？」

「何がわかるって？　食べ物を煮沸《しゃふつ》し、毎晩囚人労働で消毒剤を使ってキッチンを洗浄する。文明世界全体ではどこもそうしているんだ。それなのに、突然……」

「そのことを知っている人間は？」

「今日のシカゴ・トリビューン紙の小さな記事だった。妻が見つけて電話してきたんだ」

サディアスはインターホンを押した。

「ヴァージニア、今日のトリビューンを持ってきてくれ。急いで」

「はい、社長」

一九三四年三月十五日
シカゴ・トリビューン、世界最高の新聞
A‐23面

メイン州の刑務所で七人死亡、食中毒の疑い

メイン州ショーシャンク（ユナイテッド・プレス）——当局によれば、当地の大規模州立刑務所において一週間で七人の囚人が死亡したという。

「原因は食中毒と考えられます」と、ジェームズ・J・ブリス看守長は述べた。「当所の食事施設で食事を摂ったこと以外、何らかのパターンは見られない。亡くなった囚人の出身国や人種、刑期などに共通点はありません」

看守長は、州の法医学専門家が現在、食材と調理手順を綿密に調査中であり、同時に厨房《ちゆうぼう》スタッフの感染症チェックも行っていると語った。

「この出来事が刑務所の壁を越えて外へ広がる兆候は見られません」と、メイン州警察のロバート・メイヒュー警視監は語った。「ショーシャンク内に限定されていると見られ、われわれは事態が所内にとどまるよう積極的な措置を講じています」

死亡した者は全員バンゴーに運ばれ、検死が行われる予定。

ユナイテッド・プレスの取材によると、メイン州のほかの刑務所や、ニューイングランド一帯で同種の問題は報告されていない。

「すぐに弁護士を雇うべきだ」とオスカーは言った。「こういう案件では手遅れにならないうちに、先手を打たなければ。さもないと、みんな刑務所行きだぞ」その声は緊張のあまりかすれかけていた。

「まあ、ここはよく考えてみよう」と、サディアスは言った。「刑務所に頭の狂った毒殺者がいるんじゃないのか。何らかの手段で致死性の薬品を手に入れ、人が死ぬのを見たいという理由で、食品か水に混入させたのかもしれない。そういうことを楽しむ人間もいるからな」

「われわれがそんな幸運に恵まれるはずがない」と、オスカーは言った。

「まあ、落ち着け。では、こうは考えられないか。もっと論理的な理由があるはずだ。私が間違っていたら、そう指摘してくれ。できれば手厳しく批判してほしい」

「ああ、いいとも」と、オスカーは言った。

「大きな刑務所の厨房には何百種類もの食品の在庫があって、常に出入庫が繰り返されている。缶詰、主食、野菜、肉、調味料、香辛料。もしそういったものを一つ一つ検査するとなれば、何カ月も、場合によっては何年もかかるだろう。だから時間はわれわれの味方だ。心配すべきは、別の施設の厨房で何か発生することだ。そうなれば、調査範囲はかなり狭まる。両方の刑務所に共通する製品を探せばいいのだから。三つ目の刑務所で発生すれば、さらに可能性は絞られる。われわれに疑いの目が向くのは、その時点だ」

「でも、サディアス、正直に打ち明けて、過ちを認め、罰金を払い、謝罪したほうがいいんじゃないか？　首を吊る《ハング・バイ・アワ・ネックス》んじゃなくて、頭を下げる《ハング・アワ・ヘッズ》んだ。サディアス、おそらくあの七人を殺したのは俺たちだ」

「囚人だぞ」と、サディアスは言った。「学童でも修道女でも戦争の英雄でも身体障害者でも、そう、交響楽団の団員でもない。大げさに考えるな。彼らが刑務所にいたのは、それが何にせよ、悪いことをしたからだ。ある意味では、正義を執行したことになる」

「法律がそう考えるとは思えないな」

「だから、そっと〈ローステイ・トーステイ〉を回収しよう。この件は、いずれ忘れ去られる。これまでに稼いだ金で、事業を続けていけるかもしれない。そうとも、食肉処理のラインは継続するが、ペントバルビタール抜きで行こう。また業績が落ち込むまでには、何カ月かもつはずだ!」

「肉のうまさがペントバルビタールのおかげだったらどうするんだね?」

14

ウィネトカ。芝生とニレの木々のあいだに、威厳のある石造りの巨大な家々が立ち並ぶ街。超金持ちというわけではないが——その表現にぴったりなのは、ケニルワースだ——裕福であることに変わりない。法律事務所のパートナー、医師、企業の副社長といった、夕食のために着替えまではしないが、それでも最上等の夕食を味わえる米国の富裕層が住む地区だ。地元のニュートリア高校は、卒業生のほとんどがアイビーリーグに進学する。大邸宅とは言えないものの、大きな邸には、夏になると穏やかなブルーに変わる湖の湖畔に建っているものもある。ここにあるものすべてが最高級だ。シカゴの北約三十キロにあって、シェリダン・ロードを車で行くか、ノースウェスタン鉄道に乗っていく。エヴァンストンを越え、ウィルメットを越え、ノーマンズ・ランドを越え、ケニルワースを越えたその先だ。

スワガーは、湖から二ブロック西のストーンリー・ロード三四四番地に車を停めた。

その家は木々の緑の泡に包まれ、蔓や花に囲まれ、アーサー王の王国の首都キャメロットを思わせる緑の芝生を誇らしげに抱え、夏の終わりの日差しのなかでうたたねしているように見えた。なぜかウィネトカでは、その静謐《せいひつ》な美しさのせいなのか、街は決して死ぬほど暑くはならなかった。溶けるタールやアスファルトもなく、だらしない表情でぶらつくボロボロのシャツを着た黒人の少年もおらず、ワイコフスキーやヤノスコフスキーといった名前のずんぐりした警官が汗にまみれて犯罪を防いでいる姿もない。ここにはもともと、目に見える犯罪など存在しなかった。

石敷きの道を歩いて近づき、ドアベルを鳴らした。準備する時間を与えずに不意を突くのが得策だ。なかで少しばたばたと音がしたあと、上品で、それなりに美しい女性がドアを開けた。

「チャールズ・スワガー」と、スワガーは言った。「司法省捜査局です。ニュージェントさんと少しお話ししたいのですが」

「いまゴルフへ行く支度をしています。四時にインディアンヒルズでティーオフの予定なので」

「長くはかかりません、奥さん。それに、これは刑事捜査に関する公務です」

ニュージェントは華やかな黄色のスポーツ用ズボン《プラスフォーズ》とクリーム色のシャツに、スワガーも世界大戦のときに見たことのある――むろん、ニュージェント氏本人のものではないが――連隊旗の縞模様が刺繡《ししゅう》されたネクタイを締めていた。足にはアーガイル柄の靴下を穿いただけで、茶色と白の鋲《びょう》付きの靴を手に持っていた。

「サディアス・ニュージェントです」と、彼は言ったが、その口調には友好的とも言える物柔らかさがあった。「どのようなご用件でしょうか。どうぞお座りください。飲み物はいかがです？　ああ、お仕事中ですね。レモネードかお水はいかがですか、捜査官……えーと……？」

「チャールズ・スワガーです」

ニュージェントは気さくな感じで、均整のとれた体つき、よく手入れされた歯、ブラッシングされた髪と、あらゆる点でみずから主張するとおりの上流階級の一員に見える。自分が国に貢献した分、国も自分に報いてくれたといわんばかりの自信にあふれていた。

「司法省とおっしゃいましたね。私の業界では食品医薬品局とは定期的に関わりがありますが、司法省とは一度も関わったことがありません。ＦＤＡのストックヤードの担当官はチャーリー・オリヴァーという人です」

「これは食品医薬品局が扱う法律とは異なる分野の問題です。刑事法が関わってくるので、われわれの管轄になります。本部はループ内のバンカーズ・ビルディングに置かれています」

「では、例の無法者どもを追っているのではないのですね？　先月、デリンジャーを殺したのはあなた方だと思いますが」

「ええ、われわれの局の者です。ですが、ほかの事件も扱います。銃撃戦が起きるのを待っているだけではありません」

「私が何か問題を起こしたのでなければいいのですが。私はただのビジネスマンです。これだけは言えますが……」

「問題があれば、令状を持ち、捜査チームを連れてやって来ますよ。弁護士に連絡するよう進言しているはずです。いいえ、われわれはただあなたの会社に送られた、大きな害を及ぼす可能性のある物質について調べているだけです」

「そうでしょうな」

「具体的な話をさせてもらいますが、いいでしょうか。あなたの名はサディアス・ニュージェント、おもに施設向けに缶詰肉を提供しているニュージェンツ・ベストビーフのＣＥＯであり所有者ですね」

「そのとおりです。病院、刑務所、ＹＭＣＡなどを取引先にしています。四つ星レストランとは縁がありませんが、ニュージェンツ・ベストは上質な缶詰のビーフシチューを生産しており、カフェテリア用に大型缶を販売しています。それが主力商品です。もちろん、動物にはほかの用途に使えるものもあるので、ラードや鶏の飼料、豚の飼料、石鹸《せっけん》、ベルトや靴なども売っている。われわれに言わせれば、鳴き声以外は全部売っている。つまり牛の場合は、モー以外全部を、というわけですね。わが社は牛肉を専門に取り扱っています」

「ウィスコンシン州ラクロスにあるマゼラン医療製薬用品という会社の記録によると、あなたの会社は今年三月に、ペントバルビタールという薬物を大量に――異常と言っていいほど大量に――入手している。それは命に関わる危険があるとして厳重に規制されている薬物です」

スワガーには、ニュージェントの体を反射的な震えが走るのが見えた気がした。プロなら絶対に見せないたぐいのものだ。さらに悪いことに、ごくりと唾を飲んだせいで、喉がかすかに上下するのも見えた。

「ええ、おっしゃるとおりです。合法的な取引です。法律で定められているとおり、わが社の公認獣医のクロード・ティビッツが署名した書類のコピーをFDAに提出してあります。あそこからの情報で……」

「いいえ、別の情報源からのものです。それはともかく、動物飼育業界では、苦しんでいる動物を手荒に扱わずに安楽死させるために、ペントバルビタールを少量保管しているのが一般的だと聞いていますが……」

「足を折った牡牛は非常に危険で、ハンマーは使えません。銃で撃つこともできない。銃声で囲いのなかの牛がパニックを起こす可能性があるからです。クロード・ティビッツの仕事は――彼はその仕事で十分な報酬を得ていますが――牛を落ち着かせ、頸動脈に薬物を注射することでした。牛は一分ほどで、痛みもなく死にます。私はいたずらに動物を傷つけてはならないと考えています。父もそうでしたし、この会社を創業した祖父も同じでした」

「わかります。しかし、牡牛の致死量が二CCのペントバルビタールであるのに、あなたは八CCボトルを四百本以上購入している。何を考えていらしたのか気になりますね」

「ええ、疑念を持たれても無理ないですね。実は、この件はいまお話しした動物を傷つけないという方針の延長線上にあります。処理場に牛を連れていく際に再三問題が生じたために、彼らを落ち着かせるために麻酔薬を使えないだろうかと思いついたのです。牛のためでもあり、われわれのためでもあります。ストレスを受けた牛の肉は

"ダークカッター"と呼ばれ、固くてなかなか嚙み切れません。わが社の売り上げは落ちており、そのうえアーマー社が施設向けの販売事業に参入するのを見て、ペントバルビタールを少し嗅がせてから誘導路に送り出せば、ダークカッターの問題をいくらか解決できるのではないかと考えたのです。何か問題が起きたのですか？　苦情でもあったのでしょうか？」

「市内のある地区で、ペントバルビタールを原料にした薬物が広まっているようです。そのせいで死者が出ています。薬物を服用して狂気に駆り立てられた人々が自殺したり、他人を殺《あや》めたりしているのです」

「なんてことだ、あの物質は厳重な医学的管理のもとでなければ、人間が摂取するには危険すぎる」

「では、政府が関心を持つ理由をおわかりいただけますね？」

「ええ、わかります。お力になれればよいのですが。ですが、ミスター・スワガー、われわれの計画は実現しませんでした。五月のなかばに、ニュージェンツ・ベストビーフは八百万ドル相当の建物、事業、ホテル、レストラン、さらには円形劇場と共に焼失したんです。薬物もほかのものと一緒に全部燃えてしまいました。いまはただの荒れ地です。保険があって助かったと言うしかありません」

15

ビリー・ザ・ハットはサイコロ賭博の常連だった。賭博だけやっていたわけではなく、マックスウェル・ストリートの家で馬小屋を経営していたし、ほかにパートタイムの暴力団の用心棒、フリーランスの武装強盗、詐欺師という顔も持っていたが、何と言っても悪魔の立方体を握りしめたときのカチカチいう音、アスファルトを跳ねる動き、結果を見ようとするときの緊張感、そして有利な目が出たときに湧《わ》きあがる喜びが大好きだった。路地で開かれた賭場に偶然出会うと、たいてい参加した。勝ちも負けもしたが、ほかでは味わえない生き生きした気分になり、つま先がぴりぴりするほどだった。

その賭《か》けはカジノのクラップスを簡略化したもので、〝ストリート・クラップス〟と呼ばれ、間抜けでも遊べる単純なものだった。まずサイコロを投げて目を出す。続いてサイコロを投げ続け、7の目が出る前に最初と同じ数字をもう一度出せば、投げる人《シューター》の勝ちになる。ただしカジノのような胴元はおらず、ほかの参加者との勝負となる。ときには自分の出した目も7も出ないで、数十分、数時間も投げ続けることがある。投げ込んで外れが出るたびに、物語に出てくるように緊張感が高まる。そうするあいだに、別の参加者がシューターの勝ちに賭けたり負けに賭けたりし、シューター自身も自分の負けに賭ける者に対抗して自分に賭けたりする。

ビリー・ザ・ハットは絶好調だった。なぜかはわからない。神様が関わっているのかもしれないが、ビリーはそうは思わなかった。この街に来て十五年近く第四管区の路上で世渡りしてきた、三十四歳なのに六十五歳にも見えるこの男は、ミシシッピ州グリーンヴィル郊外で貧しいバプテストの小作農として生まれた。その頃のことはあまり覚えていないが、いまだに天にいる唯一の神を信じていた。ただ、天にましますわれらの父にはもっとほかにやることがあるにちがいないと思う。シカゴ南部の路地のアスファルトのうえ、ゴミ箱が並び、腐敗臭が立ち込め、ほかにやるべきことがあるはずの四、五人のならず者がいて、無数のネズミが陰で腐敗物をむさぼるなかで、小さな立方体の転がり方をほどよく差配するよりもっと大切なことが。

「さあ、ベビー」と、ビリーは唱えた。「ベビー、ベビー、ベビーベビーベビー!」

そう言いながら、手のなかでよくかき混ぜた象牙と黒檀《こくたん》のサイコロ二つを、荒れた路地の真ん中に投げた。サイコロはあちらへこちらへと転がり、やがて止まったが……空振りだった。

彼は9を出そうとしており、もう五回は投げていたが、9も7も出なかった。サイコロが戻ってきた。ビリーはサイコロと意思を通わそうとするように、鼻と目の近くに持っていき、ぎゅっと握りしめ、頬にこすりつけてから、トレードマークになっている体を大きくひねる動きを始めた。気分は最高だった。一時間前にほんの少し吸った〝ナイト・トレイン〟に乗って旅に出たような気がした。薬で作られた自信が体に残っており、自分が宇宙の一部であり、なりたいと思えば宇宙の力になれる気がした。彼はまだシャーロットに気を配らなければならなかった。シャーロットは彼の率いる売春婦グループにいる明るい肌の黒人女性で、ホップという名の男と付き合っていると噂されていた。あの女には注意が必要だ。ビリーのポン引きとしての能力は、ギャンブラーとしての能力と同じくらい高かった。

「そいつの負けだぜ」と、輪の向かい側にいる男が言った。ジャック・レイザーという名のポン引きで、ビリーの負けに五ドル賭けた。

「さあ、来い」と、ビリーは言った。二つのサイコロが彼の手を離れて地面に落ちると、軸を中心に回転し、やがて止まった。結果は――くそっ！――また空振りだ。9

でも7でもなく、5だった。

「俺から金を巻き上げるのは十年早いぞ、どあほうめ」と、ビリーは言った。

金はそのまま残った。賭け金は投げるたびに増えていく。

「そんな転がし方じゃあ、おまえの金は全部俺のものさ、この間抜けが」と、ジャック・レイザーが言った。二人はたがいに女や縄張りのことでライバル意識を持っていた。帽子もまた憎しみをかき立てる要素だった。ビリーは大きなフェルトのフェドーラ帽、クリーム色でなめらかなものを好んだが、一方ジャックはほとんど同じ色合いの麦わら帽子を選んでビリーをいらだたせた。その麦わら帽子は、よく見ると熱帯用の編み込み帽子だとかろうじてわかる安物だった。問題は派手な紳士用装飾をめぐる対立ではなく、何より危険なのは、たがいにR．E．S．P．E．K．（尊敬）を少しも抱いていない点だった。おそらく、悪魔の骨《サイコロ》をはさんで向かい合うのは賢明ではなかったのだろう。だが、対決は気づかないうちに始まっており、いまさら引き下がるわけにはいかなかった。

「よく見てろよ、金を払う準備をしとけ」ビリーがそう言うと、参加者全員が賭け金を増やした。

ビリーは何度も手のなかでサイコロを振り、カタカタと音をさせた。サイコロがたがいにぶつかり合って力を貯めたところで、ビリーは得意の回転動作に入り、サイコロを放った。サイコロはアスファルトのうえを稲妻のように転がり、ようやくゆっくりと止まった。そして……

「ざまあみやがれ！」と、ジャック・レイザーは叫んだ。「おお、神様、神様、あんたはジャックにとっても良いことをしてくれましたね。おい、坊や、そのサイコロはおまえの味方じゃねえんだぞ。お宝は全部いただくからな。世の中、そういうもんだろ、みんな？」

ビリー・ザ・ハットは、なぜそんなふうになってしまったのか理解できなかった。怒りではない。狂気の発作でもなかった。一九〇六年に父親を殺した熱病でも、綿畑で母親が死んでいくのを見たことでもなかった。重労働に疲れ果て、立ち上がれないほど打ちのめされていた母親のことでも。深い意味などなかった。何かが彼を限界まで追い詰め、そして一線を越えさせたのだ。

ビリーはポン引き御用達の武器を持っていた。つまり、三二口径の銀色の自転車銃《バイシクル・ガン》（もともとは自転車を追いかけてくる犬を撃つために作られた拳銃で、その多くが素早く抜き出せるように短銃身で、撃鉄が内部にしまい込まれている）で、真珠貝のグリップ付きのものだ。ビリーはそれを抜き出して、撃鉄を起こした。宇宙のなかで起きたとてつもなく間違ったことを正すためという以外に何の理由もなく、彼はジャック・レイザーの左目の下を撃った。ジャックはその名の由来となったナイフの扱いが速いことで知られていたので、ビリーはためらうことなく引き金をひいた。ジャックの目は驚きで見開かれた。そんな動きをする相手をそれまで見たことがなかったからだ。だが、すぐに目の下の穴から血が勢いよく噴き出した。ジャックは路地にどっと倒れ、たまたまそこにあったサイコロの一つを跳ね飛ばした。

あたりが静まり返った。ビリー・ザ・ハットは手を伸ばして賭け金を掻き集めると、それをまるめて、上着のポケットに力いっぱい押し込んだ。

「これは俺のもんだ。あいつにはもう必要ねえ」

「ビリー」と、誰かが言った。「逃げたほうがいい。こんなことをここで、真っ昼間にやってはただではすまない。警察がおまえを追いかけるし、噂が広まる。南に戻ったほうがいい。やつらは黒人を南まで追いかけてきはしない」

「こいつの言うとおりだ、ビリー。アイルランドのロバどもに袋だたきにあえば、今度の火曜まで意識が戻らないぞ」

「そうだ」「そのとおりだ」「それがいい」と合唱が湧き起こり、ビリーに出発を促した。彼は立ち上がって、振り返った。頭が混乱していた。問題の解決策を見つけようとしたが、なぜか〝列車〟〝南〟という言葉と、何年も前に降り立った大きなイリノイ・セントラル駅の塔のある風景が頭のなかをぐるぐる回っていた。あれと同じ列車に乗ってミシシッピのグリーンヴィルに戻ればいい。金は持っている。

だけど、駅はどこにあるんだ？　あの日以来、一度も見ていなかった。通りに出ると、通行人が恐怖に駆られて逃げまどうのが見えた。まだ銀色の拳銃を握ったままだったからだ。ビリーはこれから起きる問題を解決しようとした。もし銃をしまったあとにアイルランド人どもがやって来たら、取り出す暇がないかもしれない。一方、あからさまに持ち歩けば、人々は逃げ出し、遅かれ早かれアイルランド人が来て、万事休すになる。

くそっ、ひと吸いしたい。それで落ち着けるはずだ。ほんの少し吸引できればまともに考えられる。それですべてうまくいくはずだ。売人がどこにいるか思い出そうとした。聞いたのは、そんなに昔のことじゃない。今日の取引場所の暗号を思い出そうとしたが、昨日のものや、ほかの数字と頭のなかで混ざってしまった。クレヴォンおじさんの誕生日を思い出そうとしたときみたいに。彼はその場でくるりと回転した。頭上で青い空が渦を巻き、日差しが目に痛い。めまいの前兆のささやき声が叫び声に変わり、がくりと地面に片膝をつく。サイレンの音がした。

くそっ、これでは何もかも台無しだ。ジャックを殺して得たのは、百ドルにも満たないしわくちゃの札だけだった。これからどうしたらいいんだ？

そのとき、思い出した。五‐四？　五‐四だったか？　そうだ。五‐四。五十四番街とハルステッド通りの交差点だ。売人はニックルズという店にいる。二ブロック先だ。まだいるだろうか？　連中は長く同じ場所にいないものだ。目を引くからだ。とはいえ、ほかに行く当てもなかったから、ニックルズに賭けてみることにした。

拳銃を握ったまま、なんとか店にたどり着いた。人々は依然として彼を避けて逃げまわり、サイレンの音が大きくなった。暴動鎮圧部隊だろうか？　きっとそうだ。有色人種には本気で立ち向かうトミーガンを持った警官たち。どうでもいい。いまのビリーの頭にあるのは、もうひと吸い――もう一度ナイト・トレインに乗ることだけだった。それで何もかもうまくいくはずだった。

ビリーはそのままニックルズの店内に駆け込んだ。床にオガクズが敷かれているだけで壁には絵一つ掛かっていない、安物のビールと出所の怪しいウイスキーを売る取るに足らない店だった。この何もかもがむき出しの殺風景な密造酒のもぐり酒場に通ってくるのは、どちらも無に等しい自分の人生と将来を忘れたい者だけだろう。

店にいた人々が散り散りになった。ビリーは拳銃をかまえて、もう一発貴重な弾丸を放った。これで、残り四発で暴動鎮圧部隊を相手にしなければならなくなった。

「あいつはどこだ？」と、ビリーは叫んだ。「切符売りはどこだ？　切符が必要なんだ」

バーテンダーが震える手でおずおずと便所の方向を示したので、ビリーはそちらに向かった。人々が道を開け、彼が通り過ぎるとあわてて逃げていくなか、ビリーは割れた海を渡るモーゼのように前進した。トイレのドアに着いたとき、バーテンダーが銃身を切り詰めたショットガンを隠し持っているのに気づいた。ビリーは振り向いて、わずかに左に体をひねった。その瞬間、散弾の一撃が彼の左腕を引き裂いた。バーテンダーは懸命にもう一発装塡しようとしたが、手が激しく震えて実包が床に落ちてしまった。

バーテンダーがビリーに目を向けた。ビリーは相手の喉を撃ち抜いた。

よし！　これで片がついた。

ビリーはトイレのドアの前に戻り、強く叩いた。ドアが開いた。売人がすくみ上がって便器に座っていた。ズボンを足首まで下ろし、全身をガタガタと震わせている。クリーム色のスーツを着ており、ズボンがまるまって足もとを覆っていたが、ビリーには売人が白と茶色のツートーンの靴を履いているのがわかった。売人は常に、自分を重要人物に見せるために完璧な装いをしているからだ。

「金なら持って行け」と、売人は金切り声で言って、分厚い札束を差し出した。

「そんなもの、いるか」と、ビリーは言った。自分が金を超越した存在になったように感じた。彼はジャック・レイザーのときと同じように、売人《ザ・マン》の顔を撃った。売人はもはや人間《マン》ではなかった。死人《デッドマン》だった。

ビリーはかがんでブリーフケースを見つけ、それをつかんだ。

それから、きびすを返した。トイレは儀式を行う場所ではない。

ブリーフケースから瓶を取り出す。なかには瓶の半分を占める綿パッチが、四分の一ほど入った溶液に浸《つ》かっていた。ビリーはそれをよく振って蓋を開け、普段の彼から想像できないほど繊細な動きで、液体がしみ込んだパッチをつまみ出した。それを鼻に当て、深く吸い込む。その力が鼻孔から肺へ、そして最後に魂へと駆けめぐるのを感じた。

そうですとも！

黒人に栄光あれ！

天にましますわれらの父、あなたはそこにいらっしゃる！

あなたのしもべ、ビリーは旅立ちます。悪気はなかったのです。でもこの街では、男は自分のすべきことをしなければならない。

嗅ぐと、液体の蒸気が甘い波になって脳内に広がった。すべてが黄金とキャンディ、そして寒い日曜の朝、畑に行く必要のないときに母親が作ったスクラップル（トウモロコシ粉を豚肉の細切れなどと合わせて固め、薄く切って揚げる料理）とコーンブレッドに変わった。音楽が湧きあがった。どれもゴスペルで、どれも高々と鳴り響き、それに合わせて彼の内部で魂が脈打つ。天にましますわれらの父と御子イエスの姿が見えた。むろん、昔からずっとわかっていたように、どちらも黒人の男だった。二人はビリーを歓迎するしぐさをした。そのわきに母親が立っていた。

やあ、ママ！　あんた、すごい美人だな。

母親はにっこり微笑んだ。

ビリーは、生まれて初めて母が微笑むのを見た。

いやはや、何ともいい気分だ。こんなに幸せだったことは一度もない！　世界がこんなに素晴らしかったことは一度もなかった！

それに彼には瓶がある。少なくとも、まだ半分残っている！

ビリーは蓋をきつく締め、瓶をポケットにすべり込ませた。クリーム色のフェルトのフェドーラ帽をかぶり直し、ニッケルメッキのバイシクル・ガンを拾い上げ、店の外に出た。

そこには機動隊が待ち構えていた。巨人のように大きく見える青い制服姿の四人のアイルランド人の手にあるのは、まるい弾倉を取り付けたマシンガンだった。四人は移動に使っている犯人護送車《ブラック・マリア》の前にしゃがみ込んだり、もたれかかったりしていた。

それ以外、通りには人っ子一人いなかった。

ビリーは微笑み、拳銃の銃口を上げた。

16

白人と黒人が、疑惑の目を向けられることなく対等の立場で落ち合い、ビールやコーヒーを飲みながら話ができる場所は、市内にはほとんどなかった。それでも、一箇所だけあった。ほかよりいくらか国際色豊かな雰囲気に包まれた、ハイドパークにあるシカゴ大学のカフェテリアである。そこでは白人も黒人も主流にはなりえず、世界中から集まった人々が交じり合う集団の一部にすぎなかった。常に会話の絶えない饒舌《じょうぜつ》な場所で、ときには議論や口論の声が高まることも少なくなかった。みんなの声が大きかったのは、誰に聞かれても比較的安全だからだ。

スワガーとワシントンは、なかでも活気のある議論の応酬をしているグループとは離れた奥のテーブルに座っていた。二人の前には、食べかけのスクランブルドエッグと冷めたコーヒーが置いてあった。ワシントンは勤務時間の始まりまでまだ一時間あり、制服は警察署に置いてあったので、私服姿だった。象牙のグリップ付き三八／四四リボルバー二挺の挑戦的な自己主張がなくても、彼はまだ——どんな表現が適当かどうかは別にして——相当の力を、活力を、クラーク・ゲーブル風パワーを放っていた。スワガーなら、人がそれを何と表現するか知っていた——肩で風を《スワガー》切るだ。

一方スワガーは、上着でオートマチックを隠す必要があったので、一張羅《いっちょうら》のスーツを着ており、几帳面《きちょうめん》な性格を反映してネクタイをきつく締めていた。もっとも、フェドーラ帽は脱いでいたので、もともとのブロンドから、四年間の戦争でくすんだ灰色に変わった髪をあらわにしていた。髪にポマードのたぐいを付けるのは好きではなかったので、手入れされていない髪は、頭の天辺で花のないバラの茂みのように突っ立っていた。

「その〝ハット〟という男から、わかったことがあるかね？」と、スワガーは尋ねた。

「あまり多くはありません」と、ワシントンが答えた。「でかい弾を何発も撃ち込まれたので、見る影もなくなっていた。カポネの一味にやられたみたいに」

「アイルランド人はマシンガンが大好きだからな」

「俺が着いたときには、現場はうちの刑事とパトロール警官で満員の状態でした。調べればいろいろ教えてくる犯行現場とはまったくの別物だった」

「手に入れた情報を教えてくれ、ワシントン警官。どこかに当てはまるかもしれない」

「俺が見たのは、まるでアイルランドの結婚式のようだった。連中は自分たちの仕事ぶりに悦に入っていた。あちこちで歓声や叫び声が上がり、喜びのあまり飛び跳ねているやつらもいた。もう少しでジグダンスを踊り出しそうだった」

「おたがい承知しているとおり、アイルランド人の警官がそういう振る舞いをするのはめずらしくも何ともない」

「おっしゃるとおりです。いくらか有望な手がかりは得たと思います。この薬物の売人がどういう売り方をしているか、厄介事をどう処理しているかについて」と、ワシントンは言った。「ハットのポケットから瓶が見つかったそうです。銃弾で割れていましたが、なかに何かの液体に浸された見慣れない三センチ四方の綿パッチが入っていた。もちろん、液体には血が混ざっていました。ハットこと、故ウィリアム・フランシス・ロビンソンはかなり近距離から発射された四十発のうち三十三発を被弾していた」

「セントポールの警官たちでも、ホーマー・ヴァン・メーターにそんなに撃ち込まなかったぞ。まあいい、とにかく先を聞かせてくれ」

「おそらく、売人はペントを溶かした液に浸された綿パッチを詰めた瓶を持っているのでしょう。客が一ドル払うと、売人はピンセットか何かで瓶からパッチを一枚取り出す。それが一回分です。鼻に当てて大きく吸い込む。薬物は脳に直行し、〝ナイト・トレイン〟に乗る。即死するかもしれないし、それでもしれない。あるいはチンパンジーのように暴れ出して、愛する人を――もし相手が警官なら、憎んでいる人間を攻撃する可能性もある。相手が警官の場合は、反撃されて腹に鉛をぶち込まれることになる」

「なるほど。それで辻褄《つじつま》が合うな。取引のときは、その場で綿パッチを袋か何かに入れさせて、痕跡を残さないようにしているんだ。巧妙だな。それで、売人の話だが……」

「ビリー・ザ・ハットはジャック・レイザーのときと同じく、顔面を撃ったようです。だが、そのときのビリーは薬で朦朧《もうろう》としていて、行動はぞんざいだった。弾は顎か頬骨をかすめたか、もっと妙な場所に当たった可能性もある。ちょうどその時間に、クリーム色のスーツを着た大男が、ハンカチを顔に当てて隣のブロックの路地を走り去ったという報告があります。血がいたるところに滴《したた》り、茶と白の靴にまで付いていたそうです」

「次はどうしたらいいと思う?」と、スワガーは尋ねた。「俺はもう手詰まりだ。ストックヤードに送られたペントバルビタールの量はわかったが、全部火事で灰になった。有望な情報だと思ったのに、結局何も得られなかった。公務として、このまま続けていくのは難しいな。いつ何時、政府にもギャングであることがよくわかっているやつを撃ちに行けと命じられるかわからない」

「そうですね」と、ワシントンは言った。「こんなのはどうでしょう。ああいう男は、いいスーツと靴を台無しにするのをひどく嫌がる。スーツはあきらめるだろうが、靴は何とか綺麗にしようとするでしょう。第四管区の連中は靴にうるさいですから。だから、このあたりの靴屋に持ち込んで、できるだけ血を落として、残った染みのうえから磨き直してもらおうとするはずです」

「それはいい」と、スワガーは言った。「君のほうが俺よりよほど頭が回るな。第四管区の靴屋を回って、茶と白の靴を修理に出した人間を探せばいい。もし名前がわかれば、逮捕せずに見張りをつける。どこに行くか見守る。やつはどこかから、何らかの手段で薬を仕入れているはずだ。そいつを尾行して、関わりのある人間を次々と追跡していけばいい」

「ええ」と、ワシントンが言った。「すぐに取りかかりますよ。騒ぎが収まるまでは靴屋には行かないでしょうから」

「服のことで、一つ思いついた」と、スワガーは言った。「今度の一件の売人はみんな、一回かぎりの仕事をするアマチュアだ。ある人物が、蒸し暑い八月の午後にきちんと服を着ている、いかにも信用できそうな男に近づいてこうささやく。『よう、兄さん、楽に金を稼ぎたくないか？』誰だって金は欲しい。だから、瓶を持って指定された場所に行く。なぜかわからない方法で、客はその日そいつが担当であるのを知らされている。客はいちどきに買いに来たり、押し合いへし合いしたり、列を作ったりしないことも知っている。一度に一人ずつ近づいて来る。これまで来たこともなく、これからも二度と行かないような場所に。客が金を出すと、売人は綿パッチを渡して袋にしまわせる。一日の終わりには山ほどの現金が手に入るが、そいつは悪党じゃないから、持ち逃げしたいという誘惑は抑えられる。精算して、自分の分を受け取り、それで終わり。客には二度と会わないし、客もそいつの姿を見ることはない」

「巧妙ですね」と、ワシントンは言った。

「法執行機関が突きとめて中心人物までたどれるような、待ち合わせや連絡のネットワークは作られていないんだ。〝ナイト・トレイン〟と名づけたのは、警官たちにそれがあきらめを意味する黒人の隠語だと思わせるためだった。幻の残した跡を真面目に追跡する人間はいないからな」

「思いついたやつは頭が切れる。狡猾《こうかつ》な人間だ」

「それに、最大のごまかしは別のところにある」と、スワガーは言った。「今度の件のすべてが、ここで起きていることを誰も気にしないという前提に基づいているんだ。有色人種が様々な形で死んでいく。路上で倒れる。ストックヤードでよそから来た機関の捜査官に撃たれる。通りでアイルランド系の警官にマシンガンで撃たれる。数はどんどん増えていくが、誰も気にしない。戦争と同じで、死、死、死があるだけ。一つまた一つ、一人また一人と積み重なっていく。それでも誰も気にしない。新聞も、警察も、連邦機関も、政治家も目を向けない。そうするあいだに、やすやすと金が流れ込んでくる」

「それに、状況はすぐに変わることはない、というわけですね。ミスター・チャールズ」

「だが今回だけは、ワシントン警官、長い目で見れば大きな意味などないのかもしれないが、この一度だけは正義の炎がその悪党を焼き尽くすのを見たくないか？」

「やろうじゃないですか！」と、ワシントン警官は言った。

17

それは離れていってくれなかった。離れていくはずだったのに、夢のなかでも責め立てるのをやめず、引っかきまわし、殴りかかってきた。あの大量のペントバルビタール。最終的に第四管区に大変な害悪をもたらすはずの場所まで運ばれてきたのに、五月十四日にすべてが消えた。八百万ドルの被害を出した火災で、ストックヤードの大部分が無人地帯を思わせる風景に変わってしまった。そうなると、やつらはどこか別の場所から仕入れなければならなかったはずだ。

スワガーは夏の夜が更けるまで、ノースサイドにある建物の小さな非常階段のバルコニーで、タバコのパッケージとパイクスヴィル・ライ・ウイスキーのボトルをかたわらに置き、下着姿で腰を下ろしていた。ひどく暑かったので、街のあちこちで部屋に淀《よど》む熱気を避けようと、開け放した窓辺に座る人々の姿が見えた。当然、夜の空気に満ちる怒鳴り声やラジオの音楽、トロンボーンの演奏などは筒抜けだった。だがそれが嫌なら、自殺願望の男が借りそうなみすぼらしい貸間に閉じこもるしかない。
もう一本タバコをすい、もう一口ウイスキーを流し込む。また酒の強烈な一撃が襲ってきて、少しめまいがした。氷があればよかったのだが、配給分はもう溶けてしまい、次の配達まであと三日待たなければならない。
スワガーは頭のなかを整理しようとした。
一つの可能性――金に困っていた例のマゼラン博士が、すべてを仕組んだのかもしれない。ベストビーフの仕入れを利用して、ペントバルビタールの瓶を必要量の二倍ストックヤードに送らせた。ニュージェンツが自分たちの分を受け取る一方で、もう一人の買い手が法外な値段で残り半分を手に入れ、第四管区で商売を始めた。疑いたくなるほど都合の良いメイベルの無能さがその企みの隠れ蓑《みの》になった。
自分のためのメモ――食品医薬品局にマゼラン博士について問い合わせること。
別の可能性――保険金詐欺。ニュージェントは見返りを少々与えて、マゼラン博士に正式な手続きを行わせたが、シカゴに送らせたのは古新聞だけだった。火事が起き、高価な薬物の注文分を損失として保険金請求して、保険会社から多額の支払いを受けるためだ。だがもしそうなら、ニュージェントが火事を起こし、無能にも計算を間違えた結果、八百万ドル相当の家畜置き場、牛、豚、事務所、入札室、販売本部、ホテル、二つのレストラン、そして一人の勇敢な男を焼き尽くしたことになる。もっともニュージェントにすれば、さほどの痛手ではないのだろう。親から受け継いで、経営をしくじった事業と手が切れるのだから。彼は、もっと賢い食肉業者のせいで破産寸前まで追い込まれていた。火事のおかげで彼は大いに得をした。ストックヤードから――とりわけ隣にある有機肥料工場の臭いや、その他数多くの悪魔からも解放されたのだから。そのうえ、ウィネトカに永遠に住める金を手に入れたのだ。

自分のためのメモ――シカゴ消防局に五月の大火が放火であった可能性を確認すること。

そしてもう一つの仮説――謎の男、オスカー・ベントリー。調べたところ、オスカーが町を出て、いまは肉と肥料の臭いから遠く離れたフロリダに住んでいるのがわかった。オスカーは頭の切れる男だと言われており、オーナーのいつもの無関心や馬鹿げた計画にもめげずにニュージェンツ・ベストビーフの舵取《かじと》りを行っていた。彼ならこの計画をまとめあげる賢さを持っているのかもしれないが……なぜ会社を去ったのだろう？　そういった計画を実行するには、運営を綿密に見守る必要がある。運営者であれば、それがいつ壊れてもおかしくない脆弱《ぜいじゃく》な企みであるのを知っているはずだ。予期せぬ不運を修正するためには即断即決の必要があり、トップ不在で運営するのは不可能だ。また、もしオスカーが関与していたのなら、逃げれば間違いなく自分に注目が集まることを知っていたはずだ。むしろ街を離れるのは無実の宣言であって、いっさい何も知らなかったことを意味するようにも思える。それに、姿を消したわけでもない。長年の忠実な奉公に対してサディアスが与えた保険金の一部を持って陽の当たる土地へと旅立ったが、後方の橋を焼くことなく、ちゃんと住所と電話番号を残していった。

自分のためのメモ——特になし。

最後に、組織だ。シカゴで大きく発展し、勢力を持ち、一部の人々には街の真の支配階級と見なされている（それは正しい）。彼らが承認していなければ、この計画は確実に彼らの利益を削り取ることになる。組織の売る粉末の常用者が、もっと安価で投与も簡単な希釈麻酔薬に引き寄せられる可能性があるからだ。組織はそれを決して許さないだろう。彼らの縄張りは常に不可侵であり、それを侵した人間が大勢、新しい友人となった自動車のラジエーターを足首に縛りつけられて湖で泳がされてきた。さらに言えば、組織の情報源はもっと早く気づいて、計画をつぶすか、吸収するかしていたはずだ。それほどの違法な金の流れは、イタリア人が目をつぶるには大きすぎる。しかし、なぜ彼らは放置したのか？　彼らも部分的に関与しているのだろうか？　そこまで考えたところでスワガーは、いま行われている販売方法――一日かぎりの素人の売人、注射に使う安全な家を確保する必要がないこと、探し出して手入れを行う場所が存在しないことなど、法執行機関に察知されないように作り上げた方法――が、組織に疑いが向くように計画のなかに組み込まれたのではないかと思えてきた。しかし、そんなことがどれくらい長く続くだろう？　しゃべる人間が必ず出てくる。そうなれば、計画はあっという間に瓦解《がかい》してしまうだろう。

そこから派生する、別の考えも浮かんだ。これは素早く始めて素早く終える、一度かぎりの試みとして計画されたのではないか。計画した人間は長続きする仕事とは考えておらず、短期作戦と見なしていた。金を取って逃げる。だが、そうなると……。ペントバルビタールの供給は、火事で焼けたとされる四百本に限られることを意味する。なくなり次第終了で、ナイト・トレインは存在しなくなり、法執行機関にもイタリア人にも追跡は不可能になる。危険な計画だろうか？　二つの敵を相手にするのだからとても危険だ。だが、一部の人間は大金のためなら、リスクを冒しても成算はあると考える。なぜなら……そう、なぜそう考えたのだ？　その人物がここからいなくなるからではないか？　自分はそう長くこの街にいられないことを知っている人物だ。システムを出し抜き、金をつかみ取って、ここを去ることにしたのだ。

もう一杯、飲もうか。もしも……

だがそのとき、ドアをノックする音がした。

「誰だ?」

「電話ですよ、ミスター・スワガー」と、ドアの向こうの声が言った。

スワガーは廊下を歩いて公衆電話のところまで行った。受話器がコードの先に垂れ下がっていた。彼はそれを拾い上げた。

「スワガーだ」

ワシントン警官だった。

「茶と白の靴の男を見つけました」

「おお、上出来じゃないか」

「そうとも言えませんね。死んでましたから」

18

それほど大ごとにはなっていなかった。なにしろ四人でマシンガンを乱射して、その男を穴だらけにしたわけではないからだ。救急車と二台の警察のフォードが来ていた。水死体に二台もパトカーが来るのはめずらしいが、一台はワシントン警官のものだった。スワガーは車を停め、同僚のそばに近づいた。

「ビーチを散歩していたカップルが通報してきたんです」

湖の波が打ち寄せ、岸を覆う砂を黒いシャーベットに変えていた。右手のにぎやかな道路の向こうには、一九〇四年の万国博覧会の名残である大きな博物館がそびえていた。そのシルエットは、陸に打ち上げられた戦艦のようだった。白い監視台が夜の闇と、そのなかで輝きを放つ水面を見張るようにビーチのそこかしこに立っている。

茶色と白の靴を履いた男は、彼を検視室に運び込むことになっている救急車にはまだ乗っておらず、ストレッチャーに横たえられていた。その横に救急隊員が立って、何やら書類に記入している。さらにその後ろには、母と娘らしい黒人女性が二人、悲しみと戦いながら腕を組んで立っていた。

「奥さんと娘さんか？」

「そうです」と、ワシントン。

「できれば、いくつか訊いてみたいことがある」

「あなたが許可するまで、遺体は動かさないようにしますよ」と、ワシントンは言った。

それから、救急隊員に尋ねた。「水中にいた時間はどのくらいだ？」

「二十四時間前後でしょうね」

「昨日の夕方か。一日中麻薬を売りさばいて金を稼ぎ、家に帰ってステーキとジャガイモを食べたあとかな。救急隊員、その辺をどう考える？」

「水死体はそれこそ数十体見てきました。岩からすべり落ちた愚かな子供だったり、彼女にいいところを見せようとして潮に流された無鉄砲なティーンエイジャーだったり。でも、自宅の夕食のために服装を整え、靴も履いたままの男性となると、ほとんどの場合、あとで自殺だと判明します」

「名前はラルフ・ヒューズ、職業は歯科医」と、ワシントンは言った。「それなりに成功している。銀行にもいくらか預金がある」

スワガーはシーツを引き上げ、顔を確かめた。水でふくらんでいたが、右の頬骨に切り傷があるのがわかる。

「ハットの弾が当たったところだ。彼はそれで運を使い果たしたんだな」

男は肉付きがよかったが、太っているわけではなかった。生きていれば、そのうちもっと太っただろう。髪は頭頂部にマルセル式ウェーブがかかっていたが、薬品の効果が薄れるにつれて四方へ勝手に伸び始めていた。細い口髭を生やしている。上着はなくなっていたが、半袖《そで》のアロハシャツと茶色に変色しつつある黄褐色の麻のズボンという、それなりにきちんとした服装だった。念のために、スワガーは残りのシーツをめくって、靴を調べた。お約束どおり、そこにあったのは堅牢《けんろう》な作りの革靴で、安物ではなかった。湖の吸引力に負けないほどきつく紐が結ばれ、靴底も分厚い。よく見ると、白の部分に磨き残りの跡が点々と残っていた。

「この靴がずいぶん気に入ってたんだな」と、ワシントンは言った。「スーツの上着は脱いだけど、靴は履いたままだ。フローシャイム製ですね。良いものだ。彼のプライドがわかる気がします」

「何か不審な点はなかったか?」と、スワガーは尋ねた。「暴力や強制の痕跡、病気の兆候、他人の介入を示すようなものは?」

「火を見るより明らかってやつですよ」と、救急隊員は言った。「頬の引っかき傷以外は何もない。岩などにはぶつかっていません」

「岩で頬の引っかき傷ができた可能性は?」

「ないですね。乾いてかさぶたになっていた。岩でできたものなら、まだ出血しているはずです」

「わかった。では、あの二人の女性に話を訊いてみよう」と、スワガーは言った。

ワシントンが取り次ぎをした。

「ヒューズ夫人、こちらは連邦捜査官です。差し支えなければ、いくつか質問させていただきたいそうです」

「いまのいままで、白人は一度も私たちの身に起きたことを気にかけなかった」と、未亡人は、感情の重みに顔を引き締めて言った。「今度はどう違うの?」

「俺が違うと言っているからだ。俺が誰か知っているだろう」

「あなたは二挺拳銃《ツー・ガン》ね。でも、あなたのお洒落な拳銃も私のラルフの役には立たなかったわ」

「この捜査官に協力すれば役に立つかもしれないぞ」

スワガーはバッジを見せたが、夫人は目もくれなかった。「奥さん、こんな辛いときにお邪魔して悪いが、俺たちはこの件の真相を突き止めて、不正な点がないかどうか確認したいんだ」

「わかってるわ、彼らが言うことは。自殺でしょう。そういうことにすれば、全部片づいておしまいにできる」

「ママ、連邦捜査官にそんな言い方をしてはだめ。トラブルに巻き込まれるわ」

「俺はトラブルを起こしませんよ」と、スワガーは言った。「そんなふうなやり方はしない。でも、あんたは自殺ではないと思っているんですね？　よければ、その理由を聞かせてもらいたい」

「おとといはとても上機嫌だった。帰ってきて、賭けに勝ったって言ったの。千ドル持っていたわ。ウィスコンシンの素敵な湖に連れて行ってくれるって言っていた。大都会を離れてのんびりするって」

「右頬のうえのほうに何か怪我《けが》を――というか、すり傷みたいなものがあるのに気づいたんだが、最後に会ったときにその傷はあったかね？」

「ええ。賭けに勝ったのがうれしくて、思わず飛び上がったと言ってた。あんな大きな体で子供じみたことをするから、着地したときに足をすべらせたらしいわ。転んで、テーブルの角で頬を切ったって」

「彼は……」

「いいえ、酒飲みではなかったわ！　絶対に。お酒は飲んでいなかったし、ふらつかなかったし、お酒の臭いもしなかった。私にはわかるんです。私の父はお酒で身をもち崩したので。ラルフは勤勉な人です。優秀な歯科医で、私たちに良い暮らしをさせてくれた。誰にも彼のことを悪く言わせないわ」

「ええ、奥さん。よくわかります」

「彼のことを悪く言わないでください」

「奥さん、そんなつもりは毛頭ないですよ。最後の晩に何があったか教えてもらえますか？　重要かもしれない」

「前の晩は神経質になっていました。なぜなのかはわかりません。何も言わなかったので。でも、いつもの時間に、いつもどおり出かけていきました。その夜は普段より早く帰ってきて、賭けに勝ったと言って興奮していました」

「上着に血がついていませんでしたか？」

「上着は着てませんでした。あのズボンと変な縞のシャツだけです。そう言えば、出かけるときは確かスーツだった。帰ってきたときは新しい服を着ていました。あのシヤツは初めて見るものでした。彼らしくなかったわ。きまじめな服装を好む、きまじめな人で、毎朝診療所に行くときは必ずスーツでした。歯科医であることを誇りにして、毎日その思いを服装や態度で示していた。でも、あのときはあれほど興奮していたので、服のことは気づかなかった。とても幸せそうだったんです！」

「外に夕食に行こうとは言いませんでしたか？」と、ワシントンが尋ねた。

「ウィスコンシンへの旅のことで頭がいっぱいのようでした。とても幸せそうだった。わが家は、レジーナのセント・ジョセフィンの授業料があるので、あまりお金を使いません。ラルフは娘をいい学校に通わせるために一生懸命働いていました。大学に進学できるように」

「イリノイ州立大学に合格したんです」と、レジーナが言った。「父はとても喜んでいました。ウィスコンシンへの旅行は、私が入学してシャンペインへ行く前のお祝いのはずだったんです」

「あの夜、彼が出かけた理由をご存じですか？　バーやクラブに行くタイプには見えないが」

「電話がかかってきたんです。知り合いからのようでした。私が電話に出て、彼が……」

「白人でしたか、それとも有色人種?」と、ワシントンが尋ねた。

「白人です。初めて聞く声でした。でも、ギャングのようなしゃべり方ではなかった。ちょっとだらしない感じで、きれいな発音ではありませんでした」

「なるほど」と、スワガーは言った。「続けてください」

「主人はにやりとしただけで、『ちょっと確かめたいことがある。三十分で戻るよ』と言っていた。それっきり、今夜、警察から電話があるまで何の音沙汰もなかった」

スワガーはうなずき、警官用の速記でその言葉を書き留めた。

「もういいでしょうか?」と、夫人は尋ねた。「主人に別れを言って、教会に行きたいんですが」

「もちろんですよ、奥さん」と、スワガーは言った。「これが俺の名刺と電話番号です。何か思い出したことがあれば電話をください」

「わかりました」と、夫人は言った。「ありがとうございます」

「礼の言葉は不要です、奥さん。俺は自分の仕事をしているだけですから」

19

そこはウェルズ・ストリートのノースを少し過ぎたところにあるみすぼらしい店で、以前はもぐり酒場だったが、いまは合法になっている。酒の質は昔と同じくひどかった。

「彼のことをかなり詳しく調べたよ」と、食品医薬品局（ＦＤＡ）の上級捜査官で、有名な事件もみ消し人《フィクサー》であり、ごろつきで、容易に買収できる男、チャーリー・オリヴァーは言った。「俺にはたくさんってがある。政府機関で四十年近く働いているからね」

しかし、サディアスはチャーリーのキャリアや、チャーリーがどうやって情報を得たのか、チャーリーがいつ退職するつもりなのかはどうでもよかった。彼が気にしていたのはたった一つ――自分の身に起きることだった。

「そいつは誰なんだ？」

「南部から来た保安官だ」と、チャーリーは言った。「伝説的な銃使いだ。捜査局は自動小銃や自動ライフルを携え、自動車を使う銀行強盗に対処するために、たくさんの銃使いを雇い入れた。物事に動じない人間が必要だったからな」

「つまり、その男は通常の捜査を行う予定ではなく、純粋に撃ち合いのために雇われたんだな。心配したほうがいいのかな？　捜査に関する知識は豊富なのか？」

「心配したほうがいいな。小さな町の保安官はあらゆることを経験する。夫婦同士の殺人から銀行の横領まで、ほぼ全種類の犯罪を目にしている。賢いし、よく物事を観察し、記憶力がよく、一を聞いて十を知るタイプだそうだ。ジョニー・デリンジャーの事件の前から、サウスベンドの強盗事件の分析で有名だったらしい」

「言っている意味がわからない。デリンジャーの事件って？」

「そいつがデリンジャーを捕まえたんだ。メル・パーヴィスじゃない。パーヴィスは通りの反対側の洋服店にいた」

「じゃあ、なぜその男が私の件を担当しているんだ？　射撃場でベビーフェイスを撃つ練習をしているんじゃないのか？」

「いまや捜査局のスターだからな。好きなことができる立場にいる。組織がどんなものか、あんたにもわかるだろう。一番優秀な人間があらゆる自由を手に入れるんだ」

いや、サディアスにはわからなかった。彼が入った唯一の組織では、会社を相続したおかげで、最初からボスだった。それでも、相手の言っている意味は理解できた。

「買収するのは無理だろうな」

「やめたほうがいい。逮捕されるぞ」

「ＦＤＡの君の上司が捜査局の彼の上司に手紙を書いて、ストックヤードはＦＤＡの管轄下であって、捜査局の管轄ではないと主張できないか？　行政機構の政治的手段を使って、彼を追い出せないだろうか」

「いいかね、問題はそこなんだ。最初の夜にあの男を襲った黒人――彼が殺さざるを得なかったやつは、連邦捜査官に対する暴行罪で連邦法の重罪に相当する。それが、あの男の捜査を正当化する根拠になる」

「すると、もしわれわれの、その……〈ロースティ・トースティ〉のラインに関する問題を知ったら、彼はそれを追及できるのかね？」

「やつに知られるはずがないさ」

「でも、人は誰かに話すし、噂は広まる。いずれ彼が私に関する公報を出せば、どこかの誰かが二つの要素をつなぎ合わせて……」

「サディアス、言っておくが、あいつが関心を持っているのは第四管区に入ってくる薬物のことだ。火事のおかげで、あんたはその件の嫌疑をかけられることはない。あんたのことは、もう彼の頭にはない」

「でも、もし……」

「もし疑いが再燃しても――するわけがないが――メイン州の一件はFDAの管轄だと主張できる。そうすれば、あいつはわれわれに捜査をまかせるしかない。俺たちが隠蔽《いんぺい》する」

「確実を期すために、私は何をしたらいいんだ、チャーリー?」

「弁護士を雇うんだな」

「殺し屋を雇ったほうがよさそうだな」

20

ヤード・ブルか、ディックか、あるいは正確にユニオン・ストックヤード・アンド・トランジット社の公認警察隊か――どんな呼び方をしたところで、ここの鉄道探偵たちが協力的でないことに変わりはなかった。もっともそれは、ジョージ・ロバーツの死んだ夜にゆすり屋どもと出会ったときに予想がついた。くたびれた建物の本部に行っても、あのときの二人のアイルランド人は見当たらず、代わりにそのほぼ完璧なレプリカが十数人いただけで、誰一人、卑劣で破廉恥《はれんち》な悪事が行われていることを認めず、スワガーをたらい回しにして、以前彼に情報を与えた本部長のマルルーニー警部のもとに送り込んだ。警部はいかにもウイスキーが好きそうな顔をしたアイルランド人で、大きさと色が夕日を連想させる鼻と、優秀な警官なら例外なく持っている、暗くて落ち着きのない目の持ち主だった。彼らはその目で何ひとつ見逃さず、必要とあらば、何か隠している覆いを溶かしてしまうことができた。

「スワガー捜査官、数週間前にも言ったと思うが、われわれはおもにストックヤード・アンド・トランジット社の〝輸送《トランジット》〟の部分を専門にしている。鉄道操車場における窃盗《せっとう》がどれほど多いか、聞いても君には信じられないだろう。だから、うちの隊員は線路エリアのパトロールに九〇パーセントの時間を割いている」と言って、本部長は壁に掛かった一・五キロ四方の大きな地図を指さし、ストックヤードの三方をびっしりと囲んでいる線路を指でたどって見せた。その内側には転轍《てんてつ》場、貨物積み下ろし場、スウィフトやアーマー、モリスといった大手企業の家畜置き場への専用線路、機関車や車両の修理工場まであり、全部合わせると中規模国家が羨《うらや》むほどの規模を有していた。「それに、頭を殴ることにも。一・五キロ四方には殴るべき頭がたくさんある。確かに、ときにはシカゴ市警と連携することもあるし、ここにいる者の多くはシカゴ市警の警官上がりだ。でも、どちらかといえば保安官と列車強盗が対決する西部劇に近いな」

「では、積荷の中身を知らされて、厳重に規制された薬物のような危険物に特に注意を払えと指示されることもないわけですね？」

「そこまで進んだ仕組みにはなっていないんだ。入荷はおもに牛だ。数えきれないほどの牛。羊や豚もいる。鶏はそれほど多くないが、そのほうが都合がいい。鶏は、ところかまわず糞をするからな。出荷のほうは、氷と牛肉、羊肉を積んだ貨車だ。地域外の缶詰工場や包装場、あるいは大手食肉卸売業者に出荷される。どれだけの肉が運ばれて行くか言っても、君は信じないだろうな。われわれは闇市場で売られる食品の確認も行っている。これが思った以上に大きな問題になっている。でも、いま話しているのは何十トン、何百トンもの商品のことで、規制薬物などごくわずかな量だから、車両一台の積載量にも満たないはずだ」

「組織的な窃盗団についてはどうですか？　つまり、事前に集めた情報をもとに盗みを働くプロのことは？」

「君が言っているのはハイクラスの泥棒のことだね。でも、われわれが相手にしているのはおもに第四管区の住人だ。連中がやるのは、ここへ忍び込んできて牛を二、三頭盗み、地元の肉屋に売り払う程度だ。だから、われわれはシャーロック・ホームズ式の捜査はしないし、そのための訓練も受けていない。ファイルを見せることはできるがね」

確かに、それは何の役にも立たなかった。男たちの顔写真が並んでいるだけで、そのほとんどが黒人か最近入国してきた移民で、日々、鉄道警官と泥棒ごっこを繰り広げている連中だった。ゲームに勝てば肉を買う金が手に入るが、負ければ頭に一カ月は腫《は》れが引かないほどの一撃を食らうことになる。ときには死者が出ているようだが、それは記録に残っていなかった。

これではどうにもならない。容疑者の常連リストが欲しかったのに、見せられたのは死んだ目をしたゾンビたちだけだった。

次に行ったのは市警本部の射撃場で、新人捜査官と一時間過ごし、また手のサイズに合う銃を選んでやり、アドバイスを与えてから指導を行った——前方照準《フロント・サイト》を見ろ、前方照準だ、前方照準だ。そのあと、食品医薬品局を訪ねた。そこでは、チャーリーという名の陽気な年輩者と話をした。チャーリー・オリヴァーだ。昔は薄い色の金髪だったらしいが、いまでも顔にそばかすが残っている。山のなかを曲がりくねって走る線路のようにひと筋縄ではいかない感じだが、愛想は良く協力的だった。やけに目立つ白い歯を見せて笑みを浮かべていた。どうやら、それは強い自信の表れらしい。オリーヴォ……オリー、そうそう、チャーリー・オリーヴだったか？　オリーヴ

「そうですな、スワガー捜査官、私もマゼラン博士の事業のことは、以前から承知していました。まだ続いているとは驚きですね。彼には経営の才能がないのに。あの地区の連邦捜査官が何件か告訴して、博士は罰金を科されたけど、罰金額についてはまだ裁定中だったと思いますよ。いまはまた、ミルウォーキー支部が彼に目を光らせて

いますよ」

「博士はここでも取引をしているんですか？」

「大手企業とはほとんどありません。彼らは自前の製薬部門を持っていますからね。かろうじて持ちこたえている中小企業を相手にしてるんでしょう。価格が安い代わりに、しょっちゅう起きるミスや出荷の遅れに文句を言わないという取引条件で。でも、ここでは薬品関連の取引はそれほど多くない。われわれが検査を行っているのは、衛生問題や動物の保護、安全違反などに限られている。運び込まれる薬品はせいぜいわずかな量の麻酔薬で、ご存じのように、牛の安楽死にも使えるものです。常時使ってはいるが、それほどの量ではない。食肉処理場にそれが欠かせないのは、いくら殺すのが仕事だとしても、必要以上に動物を苦しめたいと思う人間はいないからです」

「だから、ニュージェンツ・ベストビーフが顧客になるんですね？」

「そのとおりです」

「彼らのやったペントバルビタールの大量注文は人目を引いたのでは？」

「少なくとも私の目は引きましたね。そこで、サディアス・ニュージェントと家政管理人のオスカー・ベントリーのところに話を聞きに行きました。サディアスに言わせると、処理場の通路で牛を落ち着かせる〝牛カクテル〟なるものの混ぜ合わせ方を発見したそうです。そこがよく肉を駄目にしてしまう場所なんです。とにかく、それがうまくいきそうだったので、チャンスがあるうちに――そして価格が安いうちに、主要成分であるペントバルビタールを備蓄したいと言っていました」

「価格は変動するんですか?」

「そうなんです。お望みなら、もっと事情に詳しい人を紹介しますけど」

「これは予備的な調査なので、まだ次の段階に進む必要はありません」

「死亡事故が彼らの責任かどうかはわかりません。その可能性はあるでしょうが」

「ああ、ちょっと待って。それはどういう意味です?」

「あの会社の製品を納入していたメイン州の刑務所で、囚人が七人、何かの食中毒で死んだのです。あなたがここに来たのはそのためだと思ってましたよ」

「その件については何も知りません」

「サディアスはとても心配しています」

「彼と話したとき、いくぶん落ち着きがないように見えました。でも正直なところ、俺は自分の仕事で手いっぱいでね。管轄外のことにまで手を出す余裕はありません。それに、火事ですべて破壊されてしまったから、いまさら考えても意味がないでしょう」

「あの忌々《いまいま》しい火事のおかげで、何もかもめちゃくちゃですよ」と、オリヴァーが言った。

「このストックヤードで、ほかにペントバルビタールの供給源と思われるところはありますか？」

「記録を見てみないとね。お安いご用ですよ。見てからメモを送ります。それでいいですか？」

「そうしてもらえるとありがたい」

「ほかに何かあれば、喜んで協力させてもらいますよ。おっしゃってください」

「いいえ、あなたはとても協力的だった。ミスター・オリヴァー、深く感謝する」

「まあ、ニュージェンツの状況をもっと細かく調べなかったことで、責められても仕方ないですね。私の上司の電話番号とワシントンD.C.にいるその上司の番号をお教えしておきます。公式的なものにせよ非公式にせよ、何か追跡調査したいことがあるとか、苦情を申し立てたい場合はそこへ連絡してください。私は恨んだりはしない。あなたにはやるべきことがあるのはわかってますから。それに、そう、私はもうすぐ退職なんでね。それでも、あなたの捜査の邪魔はしたくないので、喜んで証言もしますし、必要な資料は全部お見せします」

「ご協力には大変満足しています。同じ政府機関なのに、相手を協力者ではなく競争相手と見なすことがありますからね」

自分のためのメモをもう一つ――マゼラン？　ミルウォーキー現地事務所に彼に関する簡単な調査を依頼し、何か出てくるかを確認する。

次は――消防本部、放火課、カーリー副分隊長。大変感じのよい人物で、ストックヤードの悪徳警備員どもとは違って、火災事件を自分たちだけのものとして抱え込むタイプではない。スワガーは以前から消防士に好意を持っていた。警官と同じくらいタフだが、炎を上げる無生物と対峙するだけなので、外からはなかなか突き崩せず、トラブルのもとになり、誤った決定に導きかねない虚勢を張る必要がないからだ。穏やかで陽気で、太っていて誠実なカーリー副分隊長が素人向けの説明をしてくれた。

「燃焼加速剤を使うような馬鹿がやった犯行でないかぎり、放火の証明は非常に難しいのです。毎日のようにその可能性のあるケースに出会いますが、意味のある証拠がないので追及できません。マッチ一冊やタバコ一本で火をつけることができるんですから、それが故意か事故か誰にも判断できません」

「つまり、五月の大火事についても決定的な判断はできないということですね？」

「火事がどこで起きたか、どんなふうに動物用の通路を飛び越え、建物から建物へ、通りから通りへ、さらには大通りのエクスチェンジ・アヴェニューまで広がったか、われわれ消防隊員がどのように火と戦ったかを説明することはできます」

「ええ、説明してください」

「起きたのはここです」副分隊長はスワガーを壁にかかったストックヤードの地図の前に連れて行った。あちこちのオフィスの壁でも見たのと同じ地図だった。「干し草のなかからです。テレビン油、灯油、ガソリン、アルコールの痕跡はなかった。特別に訓練された犬を使って、その地域を徹底的に調べましたから間違いありません。マッチ、燃える新聞、火花、そしてドカーン……八百万ドルの価値があるものが風にあおられて灰になるか、焦げた梁《はり》や板に変わり、一人亡くなっている。見てもらえば、この地域は四十三番街からモーガン通りに曲がって高架橋になっている部分の下にあるのがわかるでしょう。高架橋は、木造の家畜置き場や豚と牛専用の通路などの迷路のうえを通っている。干し草が積まれているから非常に可燃性が高く、特にこの暑い気候では危険です。最も考えられるのは、ドライバーが車の窓からタバコを投げ捨て、それが干し草のなかに落ちたという説です。あるいは、地上で不注意な喫煙をしたのかもしれない。いずれにしろ火は風に乗り、ある地点、たとえばここで非常に強力になり、通りを飛び越え、爆発のようにいくつかの経路で建物を取り巻いた。それぞれの攻撃に対して、個々に鎮圧するしかない状態だった」

「勇敢な人々だ」

「ええ、そのとおりです」

「いいでしょう」と、スワガーは言った。「ではここで一つの仮説を示してみましょう。と言ってもあなたを説得するためではなく、もしあり得ないというのであれば、その理由を教えてもらいたい。あなたがあり得ないと言うなら、その考えは捨てます」

「わかりました」

「あなたが、ある建物を燃やしたいとする。保険金目当てか、犯罪の証拠隠滅かはわからないが。そして、ストックヤードのことはよく知っているとすると……」

「どの建物です？」

「仮に、有機肥料会社としておきましょう」

「みんなのお気に入りですね。いつも冗談のタネになります」

「モーガン・ストリートの高架橋の下は、出火場所として妥当でしょうか？　先に言っておきますが、この男は放火の常習犯ではなく、ただ風がどんなふうに火を動かしていくかを調べただけの可能性もある」

「地図に戻って、資料を確かめてみましょう」

資料を取り出して整理しながら、カーリーは木造の家畜置き場のうえを走るモーガン・ストリートの高架橋を正確に指さした。それから、資料を参照した。

「間違いない、ここから三キロと離れていないシカゴ気象局の午後四時十五分の記録によれば、断続的ですが、風速二十五キロの強い北東の風でした。ここが」と言って、指を数センチ動かす。「有機肥料会社の場所、というかかつてそれがあった場所です。同じブロックにはザンジンガーのソーセージ、ニュージェンツ・ベストビーフ、ハートウェルの科学的食肉処理場、ルイージのイタリアン・ポークソーセージ会社があったけど、すべて焼失した。有機肥料会社までの平均距離は一キロ未満で、その通りに達したのは非常に早く、四時半頃には火が回っています」

「その人物にはストックヤードの半分を焼き払うつもりはなく、ただ計算を間違えただけという可能性はありますか？」

「十分にあります。素人は、火がどれほど速く広がるか知りませんから。火がついてからしばらく燃え広がるが、消防車が来て消火するので、被害は限定的だと考えがちです。とんでもない、それはまったくの見当違いだ。火はまるで生き物です。大変な速度で風向きに応じて敏感に動き、まるで燃料を嗅ぎ分ける鼻を持っているかのようで、びっくりするほどの距離を飛び越えることができる。世界最高の消防士でも、送水管の位置によって行動を制限され、ごく限られたスペースしか進めない。部隊が火に包囲されることはしょっちゅうあって、そうなると自分で道を切り開くか、屋根に登ってはしごの救助を待つしかなくなるのです」

「俺のささやかなゲームに付き合って、火は実際に有機肥料会社を焼き払うためにつけられたと仮定してもらえるかな?」

「私もときどきあそこを燃やしたくなりましたよ。やれやれ! あれがなくなっても寂しくはないですね。でも、ええ、そう仮定してみましょう。その人物は出火地点にいて、火が風に乗って家畜置き場や納屋を越え、エクスチェンジ・アヴェニューの西側の建物まで素早く回ることを知っていたのです。ですが、おそらくエクスチェンジ・アヴェニューで火が止まると考えたのでしょう。それなら被害はかなり限定されるはずですから。だけど、その人物は火がどれほど跳ねるものなのかわかっていなかった。火はエクスチェンジ・アヴェニューを、大きな馬が小さなフェンスを飛越するように軽々と飛び越えた。被害の大半は通りの向こうで出たものです。宿屋、ホテル、エクスチェンジ・ビル、円形劇場、ラジオ局、新聞社、そこにぎっしり立ち並んでいた小店舗。八百万ドルのうち六百万ドルはあそこで失われたものです」

「火事の規模を考えると、あれだけ多くの人間が生き延びられたのは不思議じゃないですか？　死者は一人だけだった」

「アイザック・ミーンズという哀れな男一人。貨物積み下ろし場の監督でした。早くに火に気づき、バケツの水で消火に向かったそうです。翌日、遺体で見つかりました」

「勇敢な男だ。でも、ほかに犠牲者はいなかった。それは例外的なことなのか、それとも俺の考えが的外れなのか？」

「例外的です。でも、もう一人、ヒーローがいたんです。有機肥料会社の隣にニュージェンツ・ベストビーフという会社があって、そこの社長のサディアス・ニュージェントという人が、火の見える前に臭いに気づいたようです。彼は従業員を整然と避難させ、その後も残ってあちこちに電話で火事を知らせた。それで、ほかの会社の従業員も避難できた。ストックヤードには、火事を軽視する人間は一人もいません。ニュージェントは勲章に値すると思いますが、彼は控えめなタイプで、世間に知られることを望みませんでした」

「実は彼に会ったことがあります。好人物に見えました。それにしても、ミーンズという男のことを考えると、もしこれが放火だとすれば、殺人事件ということになりますね」

「ええ、確かに」

「その点を考慮に入れなければならないな。ただ、あなたの最終的な意見としては、俺の仮説どおりのことが起きた証拠はないが、起きなかった証拠もないということでいいですね」

「おっしゃるとおりです」

「とても助かりました、副分隊長」

「何かわかったら知らせてください。そんな卑劣漢はタマをつかんで吊《つる》し上げてやる」

21

焼け跡を見たかった。時間は遅かったが、火がどのように広がったか、イメージを頭に焼きつけるために見ておく必要があった。といっても、ストックヤードの北西の角を横切る大きな焼け跡を見ればすむことだ。スワガーは、ゲートを入ってすぐを右折して車を停め、名前のない細い通路を歩いて四十五番街の高架橋の出発点まで達し、それから大きな通りを戻ってエクスチェンジ・アヴェニューとの交差点へ行くつもりだった。それが火事のときの炎の進路で、行く手にはニュージェンツ・ベストビーフや有機肥料会社その他の建物の残骸が灰に埋もれている。

スワガーがゲート近くのハルステッド通りに車を停めたとき、日は傾きかけていた。大気には牛の臭いが、それもたくさんの牛の臭いがした。耳には牛の鳴き声が、それもたくさんの牛の鳴き声が聞こえた。泥道を歩きながら、牛の存在を、それもたくさんの牛の存在を感じた。ワシントン警官に連絡しなかったのは、これが犯罪捜査とはとても言えない些末《さまつ》なことで、むしろかゆいところを掻くような行動だったからだ。

そうした行動の無意味さを隠すように、スワガーはいかにも目的がありそうな大きな歩幅で、右手に破壊された地域を見ながら、交差する線路を何本かまたいで進んだ。どこを見ても記憶に残っているものは何一つなかった。なぜなら、完璧な破壊という言葉がこれほど当てはまる光景はほかにないからだ。戦争でさえ、世界をこんなふうに壊したことはない。あたり一面、平らに押し固められた灰で覆われ、そこからぽつぽつと焼け焦げた梁や支柱や、どこにもつながっておらず、何も支えていないレンガ壁の一部が突き出ている。どこで聞いたか忘れたが、スワガーは一つの言葉を思い出した。「荒地」――まさにそう呼ぶべき場所だ。時がたつにつれ、頭上では三日月が東から上がってきて、あらゆるものに骨を思わせる白い光を投げ、不気味な輝きを生じさせていた。その色には生命感がなかった。明るくはあったが、温かみがなかった。それは幽霊の色であり、蛆虫《うじむし》の色、死んだ魚の腹の色、腐敗が始まる前の死体の色だった。月の光は砂丘の砂を照らすように、一面の灰を照らし出していた。

四十五番街の高架橋が見えた。まだしっかり立っており、交通に耐えられるほど頑丈なままだった。ときおりうえから、ヘッドライトに導かれて進む車が通りすぎる音が聞こえた。カーリー副分隊長が出火地点と指摘した場所もすぐにわかったが、そこからは何も読み取れなかった。あの暑い午後に燃えさかり、ミスター・ミーンズを殺した炎が残したのは、真っ黒な干し草の跡だけだった。少し行くと、エクスチェンジ・アヴェニューに向かって伸びる名のない通りにぶつかった。有機肥料会社と、その隣の〈ロースティ・トースティ・ビーフシチュー〉の本拠地であり、刑務所への納入業者であるニュージェンツ・ベストビーフに通じる道らしい。

これが炎の進んだ道だった。歩数を数えると五百歩ほどで、強風に押されて猛烈に燃える火には自然なルートだ。火にすれば、材木は養分であり、肉とジャガイモである。たっぷり酸素を含む突風に押されて、南軍のピケット将軍指揮下の不運な少年兵のように、無謀で軽率だが、任務を果たすためにすべてをなげうって突進したのだろう。想像力をたくましくすれば、白熱した無慈悲な熱の壁が容赦なく動いていく様子が目に浮かんでくる。

エクスチェンジ・アヴェニューに着いたところでふたたび左折すると、臭いで有機肥料会社の残骸をすぐに特定できた。となると、その先の廃墟がニュージェンツの食肉処理場の区画のはずだが、そこには何も残っていなかった。スワガーは破壊跡を見渡した。ゆるやかに起伏する灰の小山、切り株のように残る焼け焦げた梁や肋材《ろくざい》。以前はハンマーを手に待ち構える処理作業員の前まで通じていた木造の複雑なフェンスや通路があった場所には、ところどころに崩れかけたレンガ壁があるだけだった。すべてが消え去った。だが、いまそこにいるのは――

三人だ。月明かりが照らす灰色の風景のなかから、影のように立ち現れた男たち。全員が長いコートをまとい、フェドーラ帽を被っている。それぞれに拳銃を構え、まもなく人を殺す者がまもなく死ぬ者に対して常に見せる、無関心な顔つきをしている。

少なくとも相手は、そうなるものと考えていた。彼らが気づかなかったのは、スワガーの右手にある四五口径の拳銃――フランダースの戦場で使用されたのと同じもの――の撃鉄がすでに起こされ、いままさに親指で弾いて安全装置が解除されたことだった。

「おまえらは自分を拳銃使いだと考えているらしいな」と、スワガーは言った。

月の光があたりを明々と容赦なく照らしていた。灰に覆われて起伏する地面は、横切る光によってさまざまなかたちの光と影の断片に切り分けられ、ゆがんだチェス盤を思わせる。ぽつんと立つ柱の影が伸びて、この戦いの場を二分していた。銃撃戦の舞台の境界を定めるかのように、左側にはいまにも崩れそうなレンガの壁、右側にはどこにもつながっていない一本の電線が垂れ下がった焼け焦げの電柱が立っている。

「俺たちはこれが初めてではない」と、男たちの一人が答えた。

「俺ほど経験を積んではいないだろうよ、大酒飲み」と、スワガーが言った。そのとたん、すべてが瞬時に動き出した。月明かりはあっても照準器を使うのは難しかったから、本能に頼る射撃をしなければならず、それに適した神経系統の持ち主が有利になる。

スワガーは速かった。最初の一発が左側の男に命中した。正確さは望めなかったから、致命傷ではないかもしれないが、男は熱したフライパンに放り込まれたベーコンのように体を丸めると、くるりと回転して倒れた。戦闘不能であることは誰の目にも明らかだった。

左から右へ、スワガーは体をひねった。二つの影が銃口から白熱光を放ち、弾がスワガーの耳元をかすめた。だが彼はあわてることなく片膝をつき、照準器を探す代わりに、オートマチックの輪郭が真っ直ぐに相手のほうを向き、ねじれたり傾いたりしていないことを確認してから、指先で引き金を絞ってもう一発、銃弾を送り出した。中央の男がどしんと尻餅《しりもち》をつき、間違いなく開いているはずの穴をふさごうとするように両手で腹を押さえた。

三人目の男の弾が当たって灰が巻き上がり、スワガーの目の前に火山の噴煙に似たものが立ちのぼった。スワガーはその噴煙のなかに入った。標的が見えなくなったので、制圧モードに切り替え、相手のいるあたりに素早く五発撃ち込むと、その隙《すき》のない連射を受けた相手は地面に伏せるしかなかった。灰の霧があたりに広がって、たちまち鼻から肺へ入り込み、すぐに痰《たん》となって喉に戻ってきた。スワガーは喉にせり上がってくる咳《せき》をこらえながら、一度利用した濃い灰の霧をもう一度使って後ろへ、後ろへ、さらに後ろへと蛇が這うようにあとずさった。同時に、四五口径の実包の入った二本目の弾倉をグリップに押し込み、スライドを勢いよく戻す。前進する意味はなかった。灰の雲が次第に薄くなり、空気が澄んでくると、三人目の男が姿を消しているのがわかった。スワガーには敵を捕らえたり殺したりするつもりはなく、生き延びればそれでよかった。

　さらにあとずさっていくと、エクスチェンジ・アヴェニューの固く踏みかためられた土に達し、五月の大火で大型消防車が現場まで水を入れるために掘った溝に靴底が触れるのを感じた。スワガーは通りを横切ると、さらに進んで、焼け跡のなかへ入り込んでから、次にどう動くかを検討した。夜明けまでここでひっそりと待つか。それとも、仲間が二人撃たれた殺し屋は追跡してくる気も失《う》せただろうと想定して、車へ急いで戻るべきか。三人目はどうするだろう？　月の光を浴びて物狂おしい雰囲気を漂わせる廃墟のなかを、闇に紛れた狡猾な射撃の名手を追跡する度胸があるだろうか？　考えられない。そこでスワガーは撤収を選択した。肺に入った灰を吐き出し、顔を洗い、スーツにブラシをかけ、明日に備えてシャツを洗濯槽に入れるために。それに、一杯飲む必要もあった。

22

午前七時、ウイスキーの記憶が温かく全身を駆けめぐっていたのに、それもまもなくドアをノックする音に打ち消された。

「ミスター・スワガー、電話ですよ」

「わかった」起き上がると、スワガーはバスローブとスリッパを身につけ、ふらつく足でドアを出て、壁の電話器に向かった。その間ずっと、頭をはっきりさせようと努めながら。

「スワガーだ」

「スワガー捜査官、こんな早朝に申し訳ありません。私もいましがた連絡を受けたんです。昨夜、ストックヤードの焼け跡で銃撃戦があったそうです。ご無事ですか？あなたなんでしょう？」

「私だが、無事だよ。シャツが台無しになった以外はね。新しいのを買わなきゃならないかもしれない」

「よかった。すぐに現場に向かい、調べられるかぎり調べてみます」

「頼むよ、ワシントン警官。銃撃戦は以前ニュージェンツがあったところの灰の山で起きた。足跡、血痕、使用済みの薬莢、足形その他、通常の銃撃現場の痕跡を探してみてくれ。灰は風圧に弱いから、ほとんどなくなっているだろう。それでも確認する価値はある」

「何か思い当たることは？」

そう、確かに思い当たることはあった。しかし、それを披露《ひろう》する気はなかった。まだ早すぎるし、考えがまとまっていない。間違っている可能性もある。

「黒服の男たち、殺し屋、プロ――それだけだ。マフィアかな？　いや、もしマフィアならもっと大きな武器を持ってきただろう。トンプソンか、ブローニング自動拳銃《BAR》か、銃身を詰めたウィンチェスターか。だが、あいつらは拳銃だけだった。月明かりだけでは、拳銃を命中させるのは難しい。だから俺はここにいて、あいつらも死ななかった。少なくとも昨夜は。傷を負って血を流しているかもしれない。あるいは、かすり傷かもしれない」

「調べてきます」

「シルヴェスター、待て。もう二つ三つ頼みたいことがある。現場に行けば、すぐに俺の銃が吐き出した薬莢が見つかるだろう。だが、連中が俺に向けて撃った弾の薬莢を残していったかどうかを確認してほしい。もし残していたら、六発がまとまっていたか、散らばっていたか見てくれ。それで、リボルバーを使ったのかオートマチックだったのかがわかる」

「了解です」

「それと、深夜に出血で担ぎ込まれた患者がいないかどうか、すべての緊急救命室に当たってみろ。傷がひどくて、病院の前に置き去りにした可能性もある。もう一つ、第四管区内で遺棄された死体のなかで、銃創が原因で死んだものがないかも調べてほしい。思った以上に、俺の射撃の腕がよかったかもしれないからな。死体を載せたまま車を乗りまわしたくなくて、服を脱がせて路地に捨てている可能性もある。検視写真から身元を特定できるかもしれない」

「わかりました」

スワガーが電話を切ると、すぐにまた呼び出し音が鳴った。

「チャールズか？」メル・パーヴィスだった。

「ええ」

「シカゴ市警から、昨夜、銃撃のあった場所で君が目撃されたと言ってきている。頼むから、ベビーフェイス絡みの事件だと言ってくれ」

「そう言えればいいのですが、別件です」

「第四管区のドラッグの一件か？」

「はい」

「チャールズ、私が君をどれだけ尊敬しているかは知っているだろう。だが、第四管区の取るに足りない麻薬スキャンダルで君が傷を負ったり、殺されたりするのは絶対に許さないからな。〝二挺拳銃《ツー・ガン》〟ワシントンなら話は別だが」

「彼は素晴らしい警官です」

「確かにそうなんだろう。でも、それは問題じゃない。君は掛け替えのない存在だ。もし君の身に何かあったあとに、ベビーフェイスが現れたらどうするんだ？　うちの若い捜査官どもに、彼に立ち向かって仕留める度胸を持っているやつはいないぞ」

「できるだけ早く、このいまいましい状況から抜け出せるように努めます」

「大丈夫なのか？　君は腹を撃たれても、報告もせずに任務を続けるタイプだからな」

「大丈夫です、パーヴィス首席捜査官」

スワガー自身は髭《そ》を剃ってシャワーを浴びてすっきりしたが、シャツを見てみると、洗って外に干したのに、まだひどい状態だった。しわだらけで、しかも、灰の細かい粒子のせいで絞っても汚れが落ちず、白いはずのシャツが灰色に変わっていた。そんなときに、また電話が鳴った。

「スワガーだ」

「チャールズ、サムだ。無事なんだな？」

「ええ。やつらは事をしくじって、二人は傷を負っているはずです。どれくらいの傷かはわかりませんが。次の報告書で細かくお知らせします」

「今日はこちらに来るんだろうな」

「はい。いま出るところです」

「今週はもう少し頻繁に顔を出してくれ。いくつかの情報源から矛盾した情報が入ってきているんだ」

「承知しました」

「待っているぞ」

「少し遅くなるかもしれません。新しいシャツを買わなければならないので。灰で汚れてしまったんです」

「チャールズ、君自身のため、みんなのために良いことをしてくれ。シャツは二枚買いたまえ。いや、三枚でもいい。思い切って、ストライプにしてみたらどうだ！」

　第四管区には七つの緊急救命室があり、ワシントンはそのすべてを確認した。もちろん死体収容施設にも問い合わせた。さらに、街の情報源、ポン引き、賭博師、密告者、マリファナの売人など、法律の境界線近くにいる者にも当たってみたが、こちらも同じく何も情報は持っていなかった。少なくとも第四管区では、血を流している者も、死体も、浮遊死体も見つからなかった。ワシントンは必ず従えという但し書き付きで、血を流している者や死体に関する情報があればただちに知らせろと指示を出した。

　それがすむと、黒人警官に人気のある食堂で昼食を取った。食べ損ねた朝食を兼ねたもので、仕事中に眠くならないようにコーヒーを三杯飲んだ。その後、署に立ち寄って電話の伝言や連絡事項を確認し、同僚の話に耳を傾けてから、もう一度街に出て数時間働くためにひと息ついた。そこは警官の詰所で、犯罪者の顔写真や全国復興局のポスター、〝身だしなみを整えよ〟〝警官は威厳がなければ命令は守られない〟〝警棒は君の友〟といった権威主義的な標語が書かれた紙が貼《は》られていた。

人影が近づいてきた。ワシントンが顔を上げると、マーブリー警部だった。黒人でありながら警部にまで昇進した数少ない人物の一人だが、それは才能や勤勉さというよりは、市長の運転手の従兄弟《いとこ》であり、第四管区で行われているあらゆる不正や駆け引きに目くじらを立てなかったからだった。

「シルヴェスター」と、マーブリーは椅子《いす》を引き寄せて言った。「少し話をしよう」

「待ってましたよ」と、ワシントンは答えた。

「いろいろ聞こえてくるんだが」

「お役に立てそうもありませんね」

「そうかもしれないし、そうでないかもしれない。これは友好的な内輪の会話だ。みんな、君のことはよく知っている。黒人だろうと白人だろうと、清廉《せいれん》潔白だろうとそうでなかろうと、仲間の警官を危険にさらしたりはしない男だとね。君は英雄だ。管区内で最も逮捕件数が多く、何度も武装した犯罪者集団と銃撃戦を繰り広げた。君ほど評価の高い署員はほとんどいない」

「仕事をするのが好きなだけですよ」と、ワシントンは言った。

「ああ、そうだな。でも、仕事には表向きのやり方と、内々のやり方がある。わかるかね？」

「なんとなくは」

「はっきりさせておこう。多くの者がやっているように、人は流れに乗って生きていくことができる。そうしている連中でも、いくらかネコババはしたとしても、間違いなくコミュニティに貢献している。君は流れに乗らないことを選んだ。みんな、その決断に敬意を払っているが、それは同時に君を心から信頼していないという意味でもある。だから君にはパートナーがいないし、私の知るかぎり、友人もいない。もっともそれは、君が行く先々で銃撃戦に巻き込まれるせいでもあるがな」

「俺は選択しました。これで生きていけます」

「そうは言っても、いま目の前にあるこの一件は別物だ。何より、白人と仕事をしていることで多くの人が神経質になっている。みんな、その人物を前職から〝保安官〟と呼んでいるが。善良な人間かもしれないが、信用しすぎるのは良くない。功績があればすべて彼のものになり、落ち度があればすべて君の責任になる」

「あの人は、功績なんかに興味がなさそうですがね。そもそも、第四管区に功績を求めてやって来る人間はいませんよ。ここは袋小路みたいなものだから」

「それでも、その保安官は君とは別の考えを持っているかもしれない。物事を違う角度から見ているかもしれない。君に打ち明けていない計画があるかもしれない。君には思いもよらない策略を働かせているかもしれない。彼の利益は君の利益とは一致しないかもしれない。さらにもう一つ言えば、銃撃戦のさなかに、その人物は命を危険にさらして、傷を負った君を安全な場所に運ぶだろうか？　たとえそのつもりだったとしても、〝黒人の命のために自分の命を危険にさらす価値はない〟と思うかもしれない。たとえ警官でもな。わかるだろう？」

「わかります。この件から手を引けとおっしゃるんですか？　今度の一件は第四管区で起きた重大犯罪に関係しており、どうやら黒人を軽んじる白人が関わっているようです。人々が死んでいる一方で、一部の人間――白人がぼろ儲けをしている。なぜかわかりませんが、チャールズ・スワガーはそれを阻止《そし》しようとしています」

「そんなのは無理な注文だと言ってるんだ。とうてい無理だよ。白人が黒人にしたことを、裁判官や陪審員が咎《とが》め立てすることはない。われわれはただ耐え忍び、目立たないようにしているべきだ。そうすれば、必ずわれわれの時代が来る。それが私の言いたいことだ」

「要するに、捜査をやめろということですか？」

「苦労を抱え込むことはないんだ」一通の封筒が警部の手を離れて床に落ちた。

「落としたのは君だよ。拾ってくれ。嘘じゃない、みんなにとってこれが最善の方法なんだ。スワガーという男は自分のすべきことに戻ればいい。ベビーフェイス・ネルソンとのマシンガンの撃ち合いにな。君は君のすべきことをしろ。悪党どもを白人の街から遠ざけ、必要なら撃ち殺すことだ」

ワシントンは封筒を拾って、警部に返した。

「俺はそういうやり方はしません。神様が許してくれないだろうし、俺が忠誠を誓うのは神様だけで、売春や麻薬、賭博で稼いだ金を人に恵んでやる連中ではない」

「わかったよ、シルヴェスター」と、警部は言った。「バプテスト信徒の高潔さを見せてくれ。金は受け取らなくていい。でも、忠告には耳を傾けろ。それで魂が地獄に落ちることはないからな」

23

神の創りし緑の大地に、これ以上に美しい場所があるだろうか？　ウィネトカのインディアンヒル・カントリークラブの16番ホール。フェアウェイは葦《あし》が風に揺れる池のところで左にドッグレッグし、ひっそりと立つ松の木々の下に広がるラフには葦やアザミが絡みついている。その光景には何か特別なものがあった。なだらかな緑の芝生、整備の行き届いたフェアウェイ、七十五ヤードほど先の腎臓《じんぞう》型の16番グリーンの鮮やかな緑色――それはいつもサディアスの魂の最も深い部分を落ち着かせ、最後の三ホールで勝利を目指すプレーの質を普段以上に高めてくれる。

ところが、今日のサディアスは球を芯《しん》で捉え損なった。ボールはグリーン奥に隠れたバンカーまで飛んでいき、小さな砂の煙が上がった。ショートゲームは得意なので、まだパーは取れるかもしれない。だが奇跡でも起きないかぎり、バーディーの可能性は皆無に近い。

「サディアス、君がそんなミスをするのを見たのは初めてだよ」と、ボーグ・ワーナー社のCEO、トム・インガソルが言った。

「最近は初めてのことばかりだよ」と、サディアスは答えた。

それは事実だった。4番では三メートルの距離から二パット、パー3の11番でボギー、13番ではドライバーのショットがラフへ、そして今回のミス。

「次はいつ調子を崩すのか、前もって教えてくれよ」と、シネス・デヴォンシャー&バレット社のロイ・バレットが言った。「いつも君に巻き上げられる金を、一部でも取り返せるかもしれないからな」

「私ならムービーカメラを持ってくるよ」と、ベル・アンド・ハウエル社の副社長兼執行役員のオリヴァー・ハインツが言った。「クラブハウスで話しても、証拠がないと信じてもらえないからね」

「何かアドバイスは、ジミー？」と、サディアスは十七歳のキャディに尋ねた。ジミーはこの近くにあるニュートリーア高校の最上級生で、ゴルフ・チームのキャプテンを務め、まもなくイェール大学に進学する予定だった。

「肩に力が入りすぎているだけだと思いますよ、ミスター・ニュージェント。それが腰のスムーズな回転を邪魔しているんでしょう。解決策は一つだけ。あなたもご承知のように、リラックスすることです」

そう、この若さなら言うは易《やす》しだ。十七歳であれば人生は始まったばかりだし、ましてイェール大学が彼を待ち受けているのだから、きっと素晴らしい人生を送るチャンスがたっぷりあるだろう。

「私が訊きたいのは」と、トムが言った。「君に必要なのはマッサージなのか、それとも精神科医か、という点だね」

みんなが笑い、サディアスも笑った。サディアスは、この冗談がハンディ・ゼロの自分のゴルフの腕前を前提にしているので特に気分がよかった。

「ウェッジをくれ、ジミー」サディアスは8番アイアンを渡して、代わりに重いクラブを手に取った。

努めてリラックスしようとした。だが、それが難しかった。周囲を見渡す。シカゴの八月下旬としては季節外れの心地よく涼しい日だった。数ブロック東の湖から吹いてくる風が松をゆったりと揺らし、気持ちを落ち着かせてくれる虫の羽音が聞こえる。それは、高い賭け金を争う裕福なゴルファーたちがリラックスするためにそういったものを必要としているのを、神が承知していることの証《あか》しなのだろう。

こうしたものを全部失うのだろうか、とサディアスは思った。ディケンズの小説に出てくる貧困と不名誉に満ちた未来が目に浮かんだ。ウィネトカの大きな邸も、ミシガン州ウォルーン湖畔の居心地の良い小ぶりな家も失うのだ。プリンストン大学から息子を退学させるだけでなく、おそらくどこの大学にも通わせられなくなるだろう。家族みんなが、〈ロースティ・トースティ・ビーフシチュー〉事件の憎むべき殺人者サディアス・ニュージェントと結びつけられて後ろ指を差されないように、名前を変えなければならないかもしれない。ここにいる三人組のような業界の大物との友情も失われる。よせよ、パブリックコースでプレーしなければならなくなるのか！　ウィルメットなんかで！

この不安は、チャーリー・オリヴァーが、何とかいう名前の刑事がまだ調査を続けていると電話で伝えてきたせいだった。さらに悪いことに、その刑事は〝ロースティ・トースティ、メイン州へ行く〟スキャンダルを追っているらしい。いったい、どうやってそれを突き止めたのだろう？

サディアスはなんとか冷静さを取り戻そうとした。もし思考が暴走すれば、このゴルフコースだけでなく、人生全般においても一敗地にまみれることがわかっていた。そのスワガーという刑事はオスカーと接触を持ったのだろうか？　もしかしたら、オスカーが自分の身を守るために裏切ったのかもしれない。オスカーが！　あのオスカーが！

あいつがそんなことをするとはとても思えない。だが、ほかに誰がいる？　彼以外に知る者はいないはずだ。オスカーだとすれば、それは不埒《ふらち》きわまりない行為だ。なぜなら、サディアスは保険金から相当な額を彼に渡しているのだから。忠誠心とはそんなものなのか。

サディアスは砂をできるだけ乱さないよう慎重にバンカーに入った。まるで砂漠に呑み込まれたように感じた。全員の姿が消えて、目の前には砂の壁だけがそびえ立っていた。それが十メートルもの高さに見え、かたちはまるで彼を押しつぶそうとする大波のようだった。

サディアスは手に持ったクラブの感触を確かめた。実は、それを使うのが少し怖かった。このクラブは最近9番アイアンに替えてバッグに入れたものだった。ジーン・サラゼンが考案したこのウェッジはロフト角58度で、重さを増すためにリーディングエッジの前部を鉛で覆っており、彼のバッグのなかでは最も重いクラブだった。ただひたすら砂を貫通してボールを高く打ち上げ、スピンをかけずにピンの近くに落とす目的で作られていた。これを使いこなすには力より繊細さ、運動能力より練習、技術より自信が必要だった。

よし、いくぞ。彼はアドレスを取り、必要な足場を確保するために砂に靴底のスパイクを埋め、力を抜くために予備動作《ワッグル》をしてから、バックスイングで腰をため、鳥を絞め殺せる程度の強さでグリップを握った。小指がゆるむと、このショット、このホール、この一日を台無しにしかねない。

トップでほんの一瞬、動きを止めてからダウンスイングした。滑空するようななめらかな動き、次第に増していく勢い、高まる集中力――そうした感覚がすべて一体となるこの瞬間が、サディアスは好きだった。腰が肩を導き、肩が腕を導き、腕が手を導き、手がクラブを導いてスイングを完成させる。その間、目はボールではなく――それがウェッジを使いこなす秘訣《ひけつ》だ――その一センチ後ろの砂を凝視する。ヨットの竜骨《キール》と同じ役目を果たす鉛の重さがクラブヘッドを走らせ、時間の概念を超えたスピードを生み出す。58度に調整されたフェースが砂のクッションを貫いて、捉えたボールを持ち上げる。確実にコンタクトしたボールは高く、柔らかく、勢いが止まるまで上昇する。そこからスピンのない下降が始まる。こうしたことがすべて、巻き上がる砂のなかで起きていた。クラブヘッドはボールと同時に、砂も地面から排除しなければならないからだ。

良い感触だった。音も良かった。でも、本当に良いショットだったのだろうか?

サディアスはバンカーを出て、クラブをジミーに渡し、代わりにパターを受け取った。ジミーはこれから、サディアスの奮闘が作り出した乱れを整え、そのあとグリーンに上がって、プレイヤーがパッティングをするあいだ、ピンフラッグの管理をする。

「すごいショットでしたね」と、青年は言ったが、それはいつもの決まり文句だ。

サディアスはグリーンに向かった。三人の友人がパターを手に彼の到着を待っていた。

グリーンを見渡す。見えたボールは三つ。一つ、もう一つ、そして三つ目と歩いてまわった。

どれもサディアスのボールではなかった。

いったい何が……?

「サディアス、ものの見事にグリーンを外したな」と、トム・インガソルが言った。

「でも……」

「私たちはまったくさわってないよ」と、ロイ・バレットが言った。

くそっ！と、サディアスは思った。屈辱感が最高潮に達した。

「そうとも」と、トムが言った。「まったく、君が打つボールはカップにしかいかないんだからな」

三人は笑い声をあげた。このささやかな喜劇を楽しむと同時に、サディアスのショットの完璧さを堪能していた。彼のボールはすっぽりとカップに収まり、いまは白い上部をのぞかせているだけだった。

「運気が変わりそうだな」と、バレットが呼びかけた。

だが、サディアスはそうではないことを知っていた。神が彼を呼んでいるのだ。家に帰る時間だ。

二人はシカゴ大学のカフェテリアで冷めたコーヒーを飲んでいた。スワガーは口数が少なかったが、シルヴェスター・ワシントンが、見つかったのはスワガーの四五口径の薬莢七つだけで、三人の殺し屋のものは一つも残っていなかったと報告すると、うなずいて口を開いた。

「じゃあ、リボルバーだな。オートマチックが吐き出した空薬莢を探す時間はなかったはずだから、リボルバーを持ってきたんだ」

灰を汚した血痕で、二人が負傷したことと、一人はもう一人よりひどい傷を負ったことがわかった。灰に散っている黒い斑点《はんてん》は、最初に撃たれた右側の男がかすり傷だったことを物語っていた。一方、真ん中の二番目に撃たれた男は、おそらく腹部に命中したのだろう。死んでいるかもしれないし、インディアナ州の病院か獣医の裏部屋で回復途上にあるのかもしれないが、少なくとも第四管区にはいなかった。

ひと言でいえば、市警による銃撃現場の捜査は何ら収穫がなかった。足跡はすべてぼやけていて、石膏《せっこう》で型取りするにはもろすぎた。ほかに有望な残骸もない。噛み跡の付いたマッチ棒、マッチ箱、タバコの吸い殻、ティッシュペーパー、チューインガムの包み紙——使えるものは何一つなかった。

「彼らはやるべきことを心得ていた」と、スワガーは言った。

「プロですか?」と、ワシントンは尋ねた。

「そう思う。手がかりを残さなかったし、うっかり忘れていったものもない。こちらの不意をつけなかったのがわかって、整然と撤退した。負傷者は叫ばなかった。確実な脱出路を確保していて、この地域のことをよく知っていた」

「どうやって、あなたのことを知ったんでしょう?」

「尾行したんだろう。巧みな尾行だった。予期していなかったし、たぶん俺がトンマだからだろうが、それでもやつらは自分たちの力を過信しなかった。俺もときおりこういう経験はするが、今回はまったく気配もなかった。言わせてもらえば、勘は決して悪くないほうで、戦時中はそのおかげで何度か命を救われたが、昨日は空振りだった。ヤキが回って、注意力が足りなくなったのかもしれない」

「そんなことはない、あり得ませんよ」

「とにかく、いまどこにいるかはわからんが、やつらはうまく逃げ切ったと思っている」

「もう一度襲ってくるかもしれない」

「素晴らしい指摘だ。その話をしたくて、君をここに呼んだんだ」

「聞かせてください」

「やつらがもう一度襲ってきて、今度は前より運に恵まれる可能性がないわけではない。そう考えれば、俺たちも反撃に出る潮時じゃないかと思う。だが、それだけではない。いまの件から手を引き、捜査局の仕事に戻れという命令が、どうやら冗談ではなくなっているらしい。プリティ・ボーイとベビーフェイスがまだ逃走中だからな。きっと、君も同じようなプレッシャーを受けているのだろう」

「昨日、相当圧力をかけられましたよ。いままで二挺拳銃に圧力をかけるやつなど一人もいなかった。つまり、みんな本気だってことですね。掛け値なしの本気ってやつです。二挺拳銃でも逆らえない命令があるってわけです」

「つまり、俺たちは万事休すということだな」

「コーヒーをもう一杯もらってくるよ。シルヴェスター、君もいるか？」

それはワシントン警官が白人から言われた最高の言葉だった。コーヒーを持ってこようか？　びっくり仰天だ！

「いいえ、結構です」

スワガーは席を離れ、湯気の立つコーヒーを持って戻ってきた。彼はタバコに火をつけた。

「俺がいままで聞いたなかで最も賢明な提案の一つは」と、スワガーは口を開いた。「ベテランのシカゴ市警の警官が、俺が直前に起こした射殺事件から抜け出す二つの方法を示したものだった。その警官は、規則どおりに事件を扱えば悪夢を見ることになると指摘した。政治、偏見、それにおそらくジャーナリズム、さらには間違いなく生じる部署内の確執や怨恨《えんこん》などが、全部一緒くたに絡んでくるからだ。俺にもそうなるのはわかっていた。そのとき、警官はこう言った。〝このまま黙ってここを立ち去れば、俺はこれを身元不明の死体として報告する。それに気づくほど賢いやつはいないだろう〟って。覚えているかね？」

「ええ」と、ワシントンは言った。

「では、今度は俺からお返しをさせてもらう。俺にはいまの状況を抜け出す方法が二つあるのが見えるんだ。一つ目は規則どおりのやり方だ。上司や同僚の意向に逆らってこのまま捜査を続ける。そしてナイト・トレインを扱っているやつらの首根っこを押さえられる確実な証拠を見つける。それを市の検事に持ち込む。その検事は改革志向かもしれない。そうじゃない可能性もあるが」

「それは期待できないな」

「仮に改革志向だとしても、そいつは上司などに相談する必要がある。そういった手続きを全部クリアして、令状が出たとしよう。われわれは逮捕を行い、事件が表面化する。新聞記者や弁護士が絡んできて、黒人と白人が協力するという物珍しい事態に恐れをなした一部の者が俺たちに厳しい視線を向けてくる。君の組織の人間も、俺のほうの人間も、まだそういうことに心の準備ができていないだろう。そして、俺たちが逮捕したやつらは法律チームを結成する。やつらの常套《じょうとう》手段は、告発者を叩きのめすことだ。つまり、誰かが君の人生の秘密を探り出そうとするってことだ。君のことは知らんが、俺には表に出せない秘密が一つある。もしかしたら君も、これまでやった銃撃を全部は正当化できないかもしれない。それに、相手が高い地位の人間とつながりを持っている可能性もあって、そっち方面から思いがけない仕返しが来るかもしれない。そのうえ、俺は疲れ切った妻と重い病気の息子のいるアーカンソーへ帰れなくなる。おまけに、もう一人の息子は合衆国の海兵隊に入隊したはずなのに、ユナイテッド・フルーツを守るためのバナナ戦争に駆り出されている。息子がいつ戦死してもおかしくないし、そうなれば俺は妻の世話をしなければならなくなる。君の人生にも、きっと同じようなことがあるはずだ」

「ええ、そうですね。妻はいないけど、面倒をみなければならない姉妹がいます」

「だから正直に言えば、ワシントン警官、俺の目にはそういったことがどれも魅力的には映らない。得をするのはベビーフェイス・ネルソンだけじゃないか。俺が第四管区の連中を追いかけているあいだに、若い捜査官が五人、やつの手にかかれば、俺は背負いきれない重荷を負うことになる」

「話の趣旨がわかってきました」

「それでも、わかりやすく簡潔に説明するから、最後まで言わせてくれ。君がこれからどんな経験をするか、正確に知っておけるように」

「ひと言漏らさず聞かせてもらいますよ」

「俺の見立てでは、この状況を引き起こした理由はただ一つ、どこかの悪党がペントバルビタールの瓶を四百本手に入れたことだ。薬物が火事の起こる直前までストックヤードから運び出されていたことは、あらゆる証拠が指し示している。おそらく、まだここにあるのだ。どうにかして、もうあそこにはないと見せかけるために放火したのだと思う。話についてこれるか？　質問は？」

「筋が通ってますね」

「だから、この薬物が様々なかたちで黒人を死に追いやるのを止める手っ取り早い方法は、供給元を破壊することだ。少量でも効果が大きいから、おそらくまだ四分の一も使っていないだろう。このままなら何年も続けられる。もし追及の手が迫れば、何カ月か鳴りを潜めるかもしれない。だが、薬物があるかぎりこの事業が終わることはあり得ない」

「あなたは大戦中に急襲《レイド》を経験してきたから、今度もガサ入れ《レイド》をやろうと考えているのですね。それもまた、いかにも〝二挺拳銃流〟だな。だから俺は、いつも銃を二挺持ち歩いているんだ」

「二人でその場所を突き止めよう。真夜中に行って、侵入する。俺は小さな町の保安官だから、週に四日は住居侵入事件を扱っていた。おかげで、手口には詳しくなった。なんとか薬物を見つけよう。捜査局の装備室にはトンプソン・サブマシンガンは置いてないから、銃身を切り詰めたポンプ式か半自動の十二番径のショットガンと実包をたっぷり持っていく。四号散弾が手ごろだろう。薬物を見つけたら、ハンマーで打ち砕いて、完全に粉々にする。それから来た道を戻って出ていく。邪魔するやつがいたら、そいつは大変な間違いを犯したことになる。俺たちは殺すつもりで撃つ。やつらは人殺しであり、怪物だ。金を稼ぐためにこの世界に入ってきた冷血漢だ。だから、危ない橋を渡るのはやつら自身の責任だ。何人かは取り逃がすかもしれない。残念だが仕方がない。大切なのは、第四管区で起きている死を止めることだ」

「同感です」と、ワシントン警官は言った。

「俺たちは出かけていき、握手をし、それですべてに幕を引く」

「ただ、一つだけ」

「何だ？」

「俺たちは相手が誰なのかを知らない」

「俺は知っているよ。最初からわかっていた」

24

フォン・レンガーク&アントワンと聞けば、法律事務所か売買仲介人、あるいは上品な花屋か骨董品《こっとうひん》店を想像するかもしれない。しかし、この店では銃を売っていた。場所は南ワバッシュ三十三番地。ループの東端にあり、高架線路の陰に隠れていた。

ここでは釣り竿《ざお》や釣具、アウトドア用品、ハイキングや狩猟用の厚手の衣類、テント、水筒なども販売していた。つまり人々が——おもに男性だが——雨や晴天、吹雪、竜巻といったあらゆる環境のもとで自然を楽しむために使うものを取りそろえている。とはいえ、何といっても主力は銃で、壁や陳列棚の多くを占めていた。

「何をお探しで?」

「そうだな」と、サディアスは言った。「拳銃が欲しい。大きすぎず、かさばらないものを」

「護身用ですね?」

「ええ」

「警官が携帯するようなものはいかがでしょう？」

店内は静かでしめやかな雰囲気に包まれており、まるで控え壁に隠され、ステンドグラスとゴシック様式の透かし細工に覆われた礼拝所にでもいるかのようだった。数人の客がぶらぶらと歩きまわり、ガラス・カウンターのなかの拳銃を覗き込んだり、カウンターの奥の棚にある猟銃やショットガンを手に取ったりしている。何もかもが、サディアスにとっては見慣れない光景だった。

「警官用か、それでいい」

教区司祭のような気どった態度の店員は、カウンターの一つへ案内した。なかにはずらりと銃器が並んでいたが、サディアスには全部同じものに見えた。

「ここにあるのは、コルトのリボルバーです。業界で最も古いメーカーの一つです。コルト大佐は南北戦争の前から拳銃を作り始め――」

「あれを」と言って、サディアスは目に留まった小ぶりの銃を指さしてから、もう一度じっくり見直した。鋼鉄の醜さと美しさがせめぎ合っているように見える。艶《つや》のあるブルーで、銃身はちびた鉛筆のようなかたちをしている。銃身とフレームは直線的につらなり、そこから両側に市松模様の木を張ったグリップへと優雅な曲線を描いている。全体が輝いているように見えた。思わず手に取りたくなる魅力があった。巧みに組み合わされた曲線と直線が見事に溶け合って、手に馴染《なじ》むようにデザインされていた。

「素晴らしい選択です。これはコルト・ディテクティブ・スペシャル、ほぼすべての制服警官が携帯しているコルト・ポリス・ポジティブの小型版です。ディテクティブは覆面捜査官、諜報員《ちょうほういん》、私服捜査官、一般家庭向けに小型化されています。ポケットに収まりますし、各種ホルスターもご用意できます。肩から吊すハーネス式のものもあります。シカゴのほぼすべての警官が所有しており、制服警官は〝予備《バックアップ》〟として隠し持ち、刑事は素早く取り出せるようにスーツの上着の下に携帯します。また、宝石店や銀行頭取のデスクなど、大金を扱う場所でも使われていますし、シークレットサービスや司法省の捜査官も腰に着けています」

「威力はあるのかね？」

「三八口径スペシャルの実包を装塡します。この弾薬にはどんな人間も殺すことのできる威力があります。とはいっても、発砲時の反動は不快なほど大きいわけではありません。跳ねはしますが、嚙みつくことはありませんよ。どうぞ手に取ってみてください」店員は身を屈め、キャビネットの裏側を開け、拳銃を取り出した。

サディアスはそれを手に取ったとたん、とても重いのに驚いたが、同時に手にしっくりと収まることに気づいた。手のひらに完璧に収まり、指はすぐに引き金に届き、親指を伸ばせば先細になって刻み目のついた撃鉄にぴったりと届いた。部品はすべて堅固な鋼鉄でできており、部品同士が精密に組み合わさるように設計されていた。まるで、サディアスの理解をはるかに超える三次元のジグソーパズルのようだった。店員の勧めで引き金をひいてみると、想像していたより難しかったが、引き金と、威厳を感じさせる動きで上下する撃鉄の作り出すリズムに魅了された。店員が〝シングルアクション〟と呼ぶやり方で撃鉄を起こすのは、はるかに快適だった。撃鉄が後ろに固定されたときに見える隙間を覗くのは、アメリカの産業界のコックピットを覗くようだった。奇妙な形だが、おそらくは必要不可欠の可動部品や、全体を支えている巧妙に隠されたピンや軸、ネジが見えた。次に、店員は開け方を実演した。シリンダーを左に三センチほど落とし、軛《くびき》のような部分で宙吊りにする。それで六つの丸い穴に六発の実包を挿入できる。そのあとは、指で押すだけでシリンダーはフレームにふたたびロックされる。

「お客様のために」と、店員は言った。「弾薬一箱をサービスいたします。一つだけ気をつけていただきたい点があります。発射する際——特に室内の射撃場では、必ず耳に綿を詰めてください。非常に大きな音がします。映画には決して出てこないですがね。耳栓なしで撃つと、数日間耳鳴りが止まりません。もちろん家で不法侵入者に対する場合は、綿のことは気にしなくていいでしょう。自分と家族の命を守るほうが、多少の耳鳴りよりも大切ですからね」

むろん、サディアスはその拳銃を購入した。二十八ドル七十セントの小切手を切り、店員が茶色の段ボール箱を見つけ、レミントン社製の三八口径の実包の箱を選び、全部まとめて包装紙でくるむのを見守った。

25

「それが誰か知りたいのか、シルヴェスター？　君にももうわかっているはずだぞ」と、スワガーは言った。「よく考えてみろ。こういうことをするためには、何を知っていなければならないかを。月並みな知識を集めただけじゃ足りない。これを実行できるのは、細かいところまで正確に知っている特定の人間だけだ」

ワシントンはうなずいた。

「やつらは優秀なプロだ」と、スワガーは先を続けた。「ミスをしない、パニックを起こさない、やり過ぎない。よく訓練されている。売人のことを言っているわけではない。彼らは日替わりで何かのリストから選ばれて働く人間にすぎない。いや、俺が言っているのは、最初にこの一件全体のプランを立て、そのあとナイト・トレインの販売網を組織して管理した人間だ。そいつらが密売人に薬物を配っていた。身を守るために監視システムがあったのも間違いない。一日が終わると金を回収した。すべての動きに目を光らせ、スムーズに動くようにしていた。つまり、法執行制度の裏表を熟知していたということだ。それに、よほど肝が据わった連中らしい。というのも、こういう商売をしている世界には、ネコババするやつや怖じ気づくやつ、判断ミスや衝動的な行動をするやつがいくらでもいるからだ。そういうものに対処できるのが、やつらの強みだ。街のことやそこで生きている人間のことを熟知している。犯罪者や犯罪行為に慣れていて、何があっても驚かず、何も恐れなかった。俺の言いたいことがわかるか？」

「わかります。つまりそれは——まあ、先を続けてください、保安官」

「当然、やつらには薬の供給源があったはずだ。それがまだ特定できない。ニュージエントか、その右腕のベントリーか。あるいは、マゼランかもしれない。俺たちの知らない誰かかもしれん。やつらには毎日、瓶に薬を詰める場所と、第四管区のどこかに販売場所を設置しなければならなかった。これは二つのことを意味する。やつらが第四管区を熟知していたこと、そして顧客にその日の販売場所を知らせるために何らかの合図か暗号があったこと。暗号と言っても、単純な仕組みだったにちがいない。常にハルステッド通りからそう離れていない場所だったのはわかっている」

「なるほど」

「やつらは俺を巧みに尾行した。以前にも似たような経験があるのだろう。実に巧妙な待ち伏せの仕方も編み出している。相手が普通の人間であれば、簡単に片付けられただろう。ただ、俺がそれに似たことを数多く経験してきたことは知らなかった。それが、やつらの犯したただ一つのミスだ。もっとも、ストックヤードのことには精通していた。五月の火事ですっかり様変わりした焼け跡の地域でさえ、よく知っていた。だから俺の先まわりをして罠《わな》を仕掛けたり、素早く行方をくらましたりできた。どうしたら、あんなに早く知ることができたのだろう？」

「あそこにいたんですよ」

「毎日な」と、スワガーは言った。

「あなたの説だと、まさにギャングのやり方そのものですね」

「もう一度考えてみろ。この仕組みは、ギャングを出し抜くために作られたんだ。厳重に監視されているはずのギャングの縄張りに入り込んで、手早く大金を稼ぎ、マフィアが来る前に跡形もなく消える。あの歯医者を使ったやり方を見ろ。彼はその日一日だけ薬を売って、午後に少しばかり儲けを出して、そして姿を消した。もしビリー・ザ・ハットが正気を失って彼の頬骨に銃弾を浴びせなければ、完璧にうまくいったはずだ」

「ギャングじゃないな」

「警官でもない。そう思ってるんだろう、ワシントン警官？」

「神のみぞ知る、ですね。このあたりに悪党はごまんといる。だけど、そういう噂はすぐ広まる。俺も知ることになる。知らないでいることなどあり得ない。警察は秘密を守り通せる場所ではないですから。常にみんなが誰かに話している。だから、俺たち二人にわかるのは、俺たちは何も知らないってことだ。知っているのは、ナイト・トレインとやらがたくさんの人間を殺していることと、上層部はそれに無関心であることだけです」

「じゃあ、誰なんだ、シルヴェスター？」

「牛の世話をしているカウボーイかもしれない。いや、連中は第四管区のことをよく知らないな。そんな地域にドラッグの販売網を作り上げられるはずがない」

「素晴らしい。ほぼ正解だ。銃のことを考えてみろ。銃はいつも何かを教えてくれる。この場合、リボルバーだ。前にも言ったが、どうやらマフィアはオートマチックに心移りしたらしい。デリンジャーもホーマーも持っていた。カポネもそうだ。プリティ・ボーイやベビーフェイスを捕まえたら、オートマチックを持っているのはまず間違いない。警察はいつも時代に遅れている。軍は一九一一年にコルトのオートマチック四五口径を採用し、俺もいまそれを持っている。ところが警察は、まだしばらくは古いタイプの拳銃を使い続けるだろう。だから、もし例の三人が昔ながらにリボルバーを持っていたのであれば、やつらは誰ということになる？」

「俺たちはたったいま、警官である可能性を排除したばかりですが、ミスター・チャールズ、でも俺は――」と言ったところで、ワシントンは口を閉ざした。目に光が宿った。

「元警官だ。やつらは警官のスキルを持っていた。警官用の銃と警官特有の不屈の精神を持ち、先に引き金をひく――先制攻撃を仕掛ける有利さを知っていた」

「そのとおりだ」と、スワガーは言った。

「警官上がりがたくさんいる場所は、俺たちにもわかっている」と、ワシントンは言った。「タフガイぞろいで、ストックヤードのことに精通している。情報源も持っているだろうし、抱えている密告者からの情報で状況を把握できる。ニュージェンツが薬物を持っていることも知っているし、夜に忍び込む方法も心得ている。どこで火をつければ、風に乗ってニュージェンツの会社まで届いて盗みを隠蔽できるかもわかっている。ただ、火がどれくらい早く広がるか、どれぐらいの大火になるかは知らなかったようだ。さすがに肝を冷やしたんじゃないかな。それでも、人に見られずに素早く薬物を隠せる鶏小屋や倉庫、閉鎖された処理場の場所は知っている。第四管区のことも、少なくとも一部の連中は詳しいにちがいない。以前管区内をパトロールをして、人の頭を殴ったり、場合によっては撃ち殺したりしたことがある者もいるはずだ。麻薬密売のやり方も見てきたはずで、ほかの者なら苦労して一から学ばなければならないことを最初から知っていて、それをもとに作戦が立てられたのだろう。マフィアが所有していて目を光らせているクラブや安酒場などには販売の拠点を置かないようにした。警察の巡回区域やルート、それが毎日どう変更されるかもわかっている。毎日違う売人を使い、何も教えなければ、たとえ捕まっても情報は漏れないことも承知している」

「君のクラスがご褒美《ほうび》の聖書を勝ち取ったみたいだな」

「ユニオン・ストックヤード・アンド・トランジット・カンパニーの警備隊にちがいない。ストックヤードの探偵《ディック》どもだ。人目にはつかないが、どこにでもいる連中だ。ようやくわかりましたよ、保安官。いやになるほどはっきりと。でも、彼らはどこで売人を見つけていたんでしょう？　そもそも、どこでそんなアイデアを思いついたのか？　俺の知るかぎり、食肉処理場の探偵どもには想像力の持ち合わせはありませんからね」

「ああ、確かにそうだ。そうとも、背後にいるんだよ、もっと大物で、頭の切れるやつが。元警官たちよりたくさんのことを知っていて、その想像力とやらも持っているやつがいるんだ。いまのところ確信はないが、おそらく元警官の一人が俺たちに教えてくれるんじゃないかな」

「会いに行くんですね？」

「もちろんだ」

26

新しい小さな銃が大のお気に入りになって、どこへ行くにも持ち歩いた。ゴルフのニッカーボッカーズのポケットにも、夜用のスモーキングジャケットにも。ズボンの右ポケットのなかでいつも握りしめているうちに、指がそれに馴染んできた。握っているのは、常時身につけるようになった六百グラムの鋼鉄の重みでサスペンダーのゴムが伸びないようにするためだった。サディアスは格子模様のグリップを擦《こす》る感触や、撃鉄のアールデコ調の曲線、側面の銀色と上部の黒を愛した。シリンダーを固定するラッチのうえに親指を置くと、とても心地よかった。自宅の書斎に一人でいるときは拳銃を取り出し、その美しい曲線を、芸術とも言える力強いデザインからにじみ出る目的意識をひたすら眺めた。銃の音も好きだった。機能テストをしたときの、カチリ、パキッ、ポンという音と、すぐに識別できるようになる音それぞれに伴う振動——実に美しかった。実に醜かった。実にカリスマ的だった！

絶望した人間にすれば、銃ほど慰めになるものはない。多くの悩みから自由になる感覚を与えてくれる。サディアスは自分の頭のなかにあるものを〝自殺〟とは呼ばなかった。それではあまりにも低俗すぎる。彼は代わりに、〝逃避〟という言葉を選んだ。

この小さな銃があれば、失敗や恥辱、スキャンダル、社会的・経済的・家庭的破滅という荷物を積んで突進してくる列車を、いつでも避けられる。引き金を一度ひくだけで、コックされた撃鉄が前方に倒れ、〇・一秒後にはすべての悲しみが雲散霧消する。マージョリーと息子たちのためには十分な金を残してあるから、家族は永遠にウィネトカに住み続けられるだろう。それは誇るべきことだ――永遠のウィネトカよ！　そう、それは死ぬ価値のあることなのだ。そして彼自身は、費用を請求できる期間をなんとか引き延ばそうと画策する弁護士や、彼を罪のない被害者（あの囚人たち！）を殺した資本家と名指しし、ゆっくり、かつ劇的に破滅していく姿を面白おかしく記事にしようとする忌々しいジャーナリストたちに消耗させられなくなることに、ほとんどめまいのするほどの満足感を覚えた。おそらく、あのマコーミック大佐率いるシカゴ・トリビューン紙でさえ誘惑に抗しきれないだろうから、第一面の漫画の題材に使われるのは間違いない。被告席で冷や汗を流しながら、絞首台の影のなかで死に向かう〝ロースティ・トースティ急行〟に乗る姿を描いた漫画を想像できた。そんな真似は絶対にさせない。

サディアスは銃口を頭に向け、耳のすぐうえの前頭部に押し当てた。親指がゆっくりと撃鉄を起こすと、メインスプリングがかすかに抵抗するのを感じた。撃鉄の動きがシリンダーを回転させ、次の薬室が定位置につくときのなめらかな動きをかすかに感じた。撃鉄の動きにつれて引き金も動き、指を歓迎するかのようにトリガーガードの空間がさらに広がる。撃鉄が最後まで起きてロックされると、いくらかメカニズムにずれがあるのか、一回ではなく二回カチッという音がする。浅いカチッという音のあとに、より深刻な意思表明の音が続く。いまや爆発寸前になり、バネというバネが縮んだ拳銃は、これまでとは少し違うある種の硬直と厳粛さを感じさせる。最後の大きなカチンという音は、少尉が音を立てて踵《かかと》を合わせ、敬礼しながら「任務の報告です」と言う様子を連想させた。小さな機械の準備は整った。

指先で引き金の鋼鉄の曲線をそっと引っ張ると、緊張が解けるのを感じた。引き金がひかれる〇・一秒のあいだに、すべてのバネが解放され、銃全体に小さな震えが走る。

カチッ。

いつか弾を込めなければならなくなる日が来るだろう、とサディアスは思った。

27

その店は簡単に見つかった。ループの線路の東側に落ちる影のなかにあった。住所は南ワバッシュ通り三十三番地で、通りを下ると、ビッグバンドの演奏を全国に中継するので有名なレストラン、ブラックホークの縦型のネオンサインが見えた。プライムリブがおいしいと評判で、クーン・サンダース・バンドの演奏が流れるなか、大きなボウルからサラダを取り分けてくれるらしい。妻を連れて行ってやりたい、とスワガーは思った。妻が来ることはまずあり得ないのを知りながら。当然、そのことで罪の意識が心を刺すのを感じたが、すぐに厳しく自分をいましめ、生まれてこの方ずっと忠実に従ってきた〝義務感〟なるものを呼び起こして罪の意識を葬り去った。なぜそれほど〝義務感〟を奉るのか自分でも完全には理解できなかったが、近頃はもしかしたら自分のやりたいことをするための自己欺瞞《ぎまん》的な方便なのではないかと疑うこともあった。

向きを変えると、数軒先にフォン・レンガーク&アントワン銃砲店とアウトドア用品専門店が見えた。〝スポーツのために〟をモットーにしていたが、造作は宝石店のほうがふさわしい洒落たものだった。ギャングもここで買い物をするのだろうか？噂ではそう聞いていた。何がスポーツだ！　店に入ると、ブローニング、コルト、ウィンチェスターがいつも、その身分にふさわしく、ブローニング氏、コルト大佐、ウィンチェスター氏と呼ばれるたぐいの場所であるのがわかった。店は二つに分かれており、一方には釣り道具やチェック柄のシャツやブーツが置かれ、もう一方には銃が陳列されていた。まだ合法のトンプソン・サブマシンガンや、かなり洗練された英国の狩猟用ライフルも置いてある。スワガーは壁に沿って並ぶ長銃類に視線を走らせた。ボルトアクションからレバーアクション、半自動へと進み、最後にショットガンにたどり着いた。スワガーは羽をポーカーのカードのように広げた猟鳥のあいだを通り抜けた。すぐに店員が足早に近づいてきた。

「おはようございます。いらっしゃいませ、何をお探しでしょうか？」

「半自動の十二番径に興味があってね。俺の持っている銃はほとんどジョン・M・ブローニングの設計なんで、そのブランドにこだわりたいんだ。彼のオート5は最高だと聞いているんだが」

「ええ、そのとおりです」と言って、店員は後ろを振り返って確認してから、ラックのオート5を取り出した。装塡されていないことを客に示すために、ボルトを弾いてみせる。

「アヒル猟をする方々はこれを絶賛しています。低空を飛ぶ群れが急速に接近してくると、ウィンチェスターM12のようなポンプアクションだと何かに絡まったり、最後までスライドできなかったりする場合があります。ブローニング氏のショットガンなら、引き金をひくのと同じくらい素早く五発発射できます」

スワガーは銃を受け取り、熟練した目で観察し、木製ストックと金属製レシーバーの接合部の品質など細部をチェックした。何度か肩に当て、アーカンソーにたくさんある陰鬱《いんうつ》な沼地で、秋の南下途中に低空飛行するカナダガンを追っているように体を回転させて、重さやバランスを測った。

「この銃には何段階かグレードがございます。グレードが高くなるほど、洗練された木材が使われています。研磨もさらに丁寧になると言われており、家具に用いられるサーカシアン・ウォールナットを使用しております。とても上品な金箔《きんぱく》の彫刻付きの製品もあります。製作者はグレード一よりもグレード四に多くの時間を割いて調整しているのでしょう。でも、どのグレードでも、美しい銃に変わりはありません」

確かに言うとおりだ。〝ジョン・M〟のトレードマークである高い後部、銃床《ストック》から銃身上部へと逆勾配《こうばい》に伸びる曲線は、ブローニング氏の実用的な自動小銃そのものの姿を示していた。大学を出て、故郷に戻ってきたBARとでも表現すべきか。七十センチの銃身は実に優雅で、想像上の鳥を追って回転させると、洗練された銃身が弧を描いて銃本体を導くのを感じた。たちまち虜《とりこ》になりはしたが、スワガーはそれほど長い銃身には明確な弱点があることを知っていた。

「気になるのは銃身の長さだな。これが唯一の選択肢なのかね？」

「ブローニングではそうですね。しかし、ブローニング氏とウィンチェスターの決別の隙を突いて、レミントンとサヴェージがどちらも同じタイプの改良型を作っています。どちらも優れたメーカーで、ブランド力では劣るかもしれませんが、機能は引けを取りません。サヴェージには五十センチの短銃身スキートモデルがあり、反動を抑えるカッツ銃口制退器《コンペンセイター》が装着されており……」

「トミーガンのカッツのことはよく知っている。ありがとう」

スワガーは財布を取り出し、それを開いてバッジを見せた。

「俺はアヒルやガチョウを狩るのではなく、人間を追っている。車に積んでおいて、素早く取り出せて、パワーとスピードがあり、緊急時に片手で発射できるものが欲しい。それと、散弾の広い散布が必要なんだが、それはカッツが付いていれば問題ないだろう。捜査局にはそこにもあるトンプソンやウィンチェスター97を置いてあるが、持ち出すには借り出しと返却の手続きをしなければならない。誰かが四五口径のドラムマガジンを撃ちまくっているときに、そんな悠長なことはしていられないからな」
「おっしゃりたいことはよくわかります」と、店員は言った。

いよいよ今度は弾丸だ。これも、サイズの割りにはずっしり重かった。もっともその意外な重さには、同じく心安らぐものがあった。それは無ではなかった。何でもないわけではなく、何かだった。現実の世界で目的を持ち、宿命を持っていた。もしかしたら紙に穴を開ける目的かもしれないし、あるいはサディアス本人の頭に穴を開ける宿命かもしれない。いずれにせよ、粗末に扱っていいものではなかった。これまで見たものでは卵のカートンに一番近いかたちのトレイには、残りの四十九発が先端と底面を交互にうえにして縦五列、横十列でいつでも取り出せるように整然と並べられている。箱は青りんご色で〝レミントン〟と印字され、裏側には〝三八スペシャル、百三十グレイン、鉛、ラウンドノーズ〟と記されていた。

サディアスは弾頭を調べた。労働者階級の鉛にはちがいないが、鐘を思わせるかたちをしており、柔らかなカーブが先端へと続いていた。これが人を殺すのだ。彼が知っているところでは、撃鉄に打たれた真鍮《しんちゅう》の薬莢内の火薬が爆発すると、その力が一番抵抗の少ない通路を見つけて、弾を超音速で銃身内を通過させ、標的に向かって押し出す理屈になる。彼がこれを使う目的であれば、狙いの正確さは問題にならない。銃口を頭蓋骨に押しつけるのだから。だが、ほかの用途の場合はどうなのだろうと疑問が生じた。銃をもてあそんでいるうちに、射撃の難しさを教えられていた。握っても不安定で、きつく握れば握るほど揺れが大きくなる。反対にゆるく握ると、手のひらから飛び出して床に落ちてしまう。その謎が彼にはさっぱり理解できなかった。照準は刃のように薄くて、特定の方向の特定の標的に合わせようとしても一向に静止しない。どうやら最良の方法は、何かに寄りかかってシングルアクションで撃つことらしい。この忌々しいものを落ち着かせるにはそれしかない。

サディアスはいま、数日前には不慣れで、恐ろしかったことをやってのけた。テーブルから実包を拾い上げると、卵をカートンから取り出すときのように慎重のうえに慎重に、開いたシリンダーまで持っていき、穴に合わせてなかに押し込んだ。それでも、世界は終わらなかった。ウィネトカは地球の裂け目に消えなかった。株式市場は二度目の崩壊を起こさなかった。何も起こらなかった。

よしそれならと、さらに五発、今度も少女のような用心深い触れ方で手際よく装塡した。そうしながら、また円のテーマに目が行っていた。シリンダーは円形で、穴も円形だった。底面だけが見えている実包も円形で、その中心にはさらに別の円が刻まれている。子供じみてはいるが、なぜか感動した。シリンダーを閉じてフレームに戻すと、ラッチがシリンダーを所定の位置に固定するかすかな金属音がした。見よ、これぞ装塡済みの拳銃だ。

サディアスは畏敬《いけい》とおびえの両方を感じながら、銃を見つめた。いまこの瞬間にもそれを拾い上げ、次の瞬間には誰かを――自分自身を――殺せるのだ。それほどの力がここにある。初めて装塡された銃を手にしたときにはみんながそう感じることを、そしてその感覚は平均七秒で消えてしまうことを、彼は知らなかった。

サディアスの場合、九秒かかったが。

彼はそれをブレザーのポケットに入れて、夕食に向かった。

28

「さて、ここからが厄介だ」と、スワガーは言った。「やつらはシカゴ市内のどこかに商品を置いている。俺たちはそれを見つけるまで動きが取れない。だが、へたな動きをして警報を発すれば、きっとそれに気づき、品物をまとめて逃げ出すだろう。敵は待つことができるが、俺たちにはその余裕がない」

「それに、客を取り調べることもできない。敵に情報が漏れれば、たちまち商売を畳《たた》んでしまうでしょう。打つ手なしだな」

「考え出したやつは頭がいい」

「俺は密告者を抱えています」と、ワシントンは言った。「クラッカーじいさんを覚えていますか？　あなたがジョージ・ロバーツを撃った夜、電話してきた男です。だから私はあんなに早く駆けつけられたんです」

「君には驚かされてばかりだな。だが、これから大規模な密告者のネットワークを動かす時間はないと思う」

「それなら、たぶん……いや、やめておきましょう」

「ワシントン巡査、続けてくれ。いまの時点では、どんな提案でも検討しておきたい」

「犬です。彼らの鼻を利用しましょう。ハウンド犬を連れてきて、ペントバルビタールの臭いを嗅がせれば、たぶん……いや、だめだ。リードを付けた犬を連れて歩けば、何か臭いのするものを探していると触れまわるようなものだ。まあ、ストックヤードのなかならまだしも、街なかではうまくいかない。まず売人を見つけて尾行し、ハンドラーと呼ばれる売人を操る人間を見つけ、今度はそいつを尾行して根城を突き止める」

「それはいいアイデアだが、やはり広範囲の聞き込みをするには人手が必要になる。やつらは実に狡猾だ。たぶん……」

「ハルステッドだ」と、ワシントンは言った。

「何を言っているのか……」

「ここを見てください、保安官。われわれには、三つの別々の場所で事件が起きたことがわかっている。最初は、ストックヤードのロバーツ。二つ目は葬儀屋のミスター・ジョンソン。三つ目は、ビリー・ザ・ハット。同じく元のもぐり酒場で、ハルステッド通りを外れたところにある」

「全部、ハルステッド通りから少し入った場所だ」と、スワガーは言った。「まあ、ロバーツがハルステッド通りのほうから獲物を探しに歩いてきたと仮定すればだが。会ったのは、ストックヤードのハルステッド側だった」

「だから、ハルステッド通りなのですよ」と、ワシントンは言った。「交差する通りは様々ですが」

「実際のところ」と、スワガーは言った。「客には交差する通りの番号だけを知らせればすむ。一番街から最後の通りまで、二桁《けた》か三桁の数字になるはずだ」

「ご承知でしょうが、この第四管区では、誰の頭にも常に数字がある。それが富への切符になるからです。ミスター・エディ・ジョーンズが運営している宝くじですよ。三桁の数字に賭けて、当たれば配当金を受け取れる仕組みです」

「その数字はどうやって決めるんだ？」

「ホーソーン競馬場がほとんどですが、そこが休みのときは開催している別の競馬場を選んで、賭け金の総額をもとにします。総額の最後の三桁が当選の数字になって、〝ハンドル〟と呼ばれる。当たる可能性は誰にでもあるから、毎日いたるところにその幸運の数字が貼り出されます。店のウインドウにも新聞にも」

スワガーはうなずいてから、こう言った。「君は天才だ。もう少し詳しく説明してくれ」

「たとえば今日、あなたは458に賭けたとする。翌日確認すると、ずばり458が当選番号になっているかもしれない。まずあり得ませんが、可能性はゼロではない。だが、今度の場合はその三桁の数字から最初の数字を切り捨てる。つまり458ではなく、ただの58にする。それが、売人は今日、五十八番街とハルステッド通りの交差点近くにいるという意味になる。実に簡単でしょう?」

「三つの事件が起きた日を確認してみれば……いや、それでは時間がかかりすぎる。今日の番号をチェックして、明日、売人を見つけられるかどうか試してみよう」

二人はそうしてみた。だが、売人は見つからなかった。翌日も試したが、やはり成果はなかった。

「ということは、もとになる数字はどこか別のところから拾ってきているんだ。ほかにどこが考えられる?」

「単純で、すぐに見つけられるものでなければならない」

「気温か? 最大風速か? 万国博覧会の来場者数の最後の三桁か?」

誰がそれを思いついたのだろう？

実際には、誰のアイデアでもなかった。強いて言えば、リグレー・フィールドでピッツバーグ・パイレーツを12‐3で破ったナショナル・リーグのシカゴ・カブスだった。

そして、シカゴ・トリビューン紙のスポーツ部夜間担当デスクが思いついた、〝カブス、12‐3でパイレーツをあっさり粉砕〟という見出しが人々の頭に焼きついたのだ。

その後、悪い噂で警察にも目を付けられていたミセス・ジェームズ・ペティグルーという女性が路地で急死し……

「ハルステッド通りと百二十三番街の交差点」と、ワシントンが言った。

「野球のスコアが、ハルステッドと交差する通りの番号を示しているんだ」と、スワガーがあとの言葉を引き取った。調べてみると、場所はぴったり一致した。

彼らは売人を尾行した。

彼らはハンドラーを追跡した。

あわてずに、ゆっくりと尾行を続けた。無理をせず、百メートル以内には近づかなかった。

そう、確かにハンドラーはストックヤードに戻った。だがそこで、またしても障害が生じた。彼らは車の到着を見張るためにクラッカーじいさんを配置し、何度か尾行を繰り返して目的地を特定する計画を立てていた。クラッカーなら、人目につかないからだ。

ところが、ルートは荒廃した焼失区域をまっすぐ通り抜けていた——数ブロックにわたって、広々と開けた土地だ。

「じいさんを呼び戻せ」と、スワガーは言った。「姿が丸見えだ。明日の晩には、じいさんの死体が浜辺に打ち上げられることになる。そんなリスクは冒せない。死人はもうたくさんだ。それに、やつらはほとぼりが冷めるまで数週間は行方をくらますだろう。無駄に一人の男の命を失ってしまう」

「広々とした地域で隠れる場所もないのに、どうやって尾行するんです?」

飛行機での監視か? 屋上から望遠鏡で遠距離から? 無線追跡装置のようなものをひそかに車に取り付ける?

「まだ発明されていませんよ」

ストックヤードの警備員に頼む? 話を聞いた警備員は姿を消してしまうだろう。

警備員をしょっぴいて絞り上げる？　違法だし、収穫はないかもしれないが……

「黄金《きん》だ」と、スワガーは言った。

ワシントンは保安官に目を向けた。

「ミスター・チャールズ、俺には……」

「マルルーニー本部長の話では、部下のなかに、食肉処理場のユダヤ人所有者が二九年の大恐慌で銀行を信用しなくなり、自分の土地に黄金《きん》を埋めたという噂を信じ込んでいる者がいるという。だがそれは単なる口実で、廃墟をうろついているのを誰かに見られた場合に備えた作り話だ」

「そう言われて思い出したけど、銃撃のあった夜、あの二人の警備員は汚れているように見えた」

「そうだ、彼らはその日に売る量を調整して戻る途中だった。汚れ放題の廃墟にいたんだ」

「エクスチェンジ・アヴェニューの東にある、放置された掟《コーシャ》に適した肉の倉庫だ。いくつあるだろう？」

調べてみると、一つしかなかった。

29

「今夜のあなたのビッドはひどかったわ、サディアス」と、マージョリーが言った。

「わかっている」と、サディアスは言った。

彼は絹のパジャマにガウンを羽織り、妻の前に立っていた。歯を磨いたばかりだった。ブリッジを楽しめなかったように、南北戦争の雰囲気に浸る気分でもなかったが、『薔薇はなぜ紅い』を五十ページほど読むつもりだ。いまは生きる気分ではなかった。自殺したい気分だった。

「ルイーズに負けるのは嫌だわ。私よりほんの少しでも有利になると、とても意地悪になるの」

「それなら、なぜ友達づきあいしてるんだ？」

「彼女の娘はテッドと同い年で、とてもきれいで、ホールヨーク大学に通っている。それに彼女の夫は共同出資者よ。彼のことはあなたも気に入っているし」

「ジャックはいいやつだ」

「テッドにとっては申し分のない結婚になるわ」

「よせよ、マージョリー、自分の妻は本人に選ばせようじゃないか！」

「あらあら、ご機嫌ななめね」

「そんなことはない」

「仕事のことじゃないわね。もう仕事場はないいんだから」

「大丈夫だと言っているだろう」

「サディアス、あなた、大丈夫じゃないわ。あの刑事が訪ねてきてから、あなたらしくなくなったわ」

「ぼくが自分らしかったことなど、これまで一度もなかったさ。一度もな！　食肉加工には向いていなかったんだ。牛も、糞も、ビーフシチューも嫌いだし、この仕事を押しつけた父親も大嫌いだ！」

「でも、私たちみんなの役には立ったわ」

「あの忌々しい火事がなければ、家族は路頭に迷っていただろう。ぼくの賢さなんてその程度さ」

「私たちには長い旅行が必要だと思うわ、あなた。秋のイタリアは素敵だっていうし」

彼は何も言わなかった。今夜は眠れるだろうか？　おそらく無理だろう。また八時間、無益な寝返りを繰り返すのだ。

ああ、耐えられない！

30

「デクスター・パーク・アベニューの古い建物だ。エクスチェンジ・アヴェニューを挟んでニュージェンツ社の向かい側だが、焼失区域の外にある」

「デクスター・パークの古い建物？」

「クラッカーの話では、ゴールドバーグ・コーシャ・コンビーフ・アンド・ピクルスの建物だそうです。ゴールドバーグは大恐慌から立ち直れずに、一九三一年に廃業した。木造の建物だが、もうがたがたになっていて、木造部分はほとんど腐っている。会社は新しい借り手を見つけられなかったようです」

「地図で見てみよう」

二人は、どこにでも置いてある例の地図で確かめた。ワシントン警官の指がデクスター・パークを見つけ、エクスチェンジ・アヴェニューと交差するところまでたどる。不運なニュージェンツ社とその同業他社があった区域だ。

「便利な場所のようだな。ニュージェンツに近いから、ペントバルビタールを車の後部座席に積んで走りまわる必要がなかった。デクスター・パークからエクスチェンジ・アヴェニューに出て、ハルステッド通りを左右どちらかに曲がれば、第四管区の中心に入って、誰にせよ、その日に指名した売人と会える。このこともまた、背後に頭の切れる人物がいることを裏付けている」

「マルルーニーですか？　本部長の？」と、ワシントン警官が尋ねた。

「可能性はあるが、私の目に映った本部長は、あちこちでいやというほど人の頭を殴りつけてきて、いまは退職を待っているだけの意地悪で辛辣《しんらつ》な老警官にしか見えなかった」

「では、誰なんです、保安官？　ペントバルビタールは廃棄できるかもしれないけれど、この仕組み全体を考案した人物が逃げおおせて、第四管区の黒人を笑いものにしながら余生を送るのでは、あまりにもひどすぎる」

「二人の容疑者がいる。まず一つ目は、人間ではなく組合だ」

「食肉加工合同組合一七三支部ですね」と、ワシントンが言った。「強面《こわもて》の連中です。昔からずっとピケラインで乱闘を繰り返してきた。スト破りをひどく痛めつけたり」

「おそらく、彼らの多くは最初からこの業界で働いていたんだろう。ストックヤードていたのだろう。そういう連中はなかには頭の良い者もいて、しばらく働いているうちに、牛を槌で殴り殺す仕事に将来性がないことに気づいたのだろう。そういう連中は自然に組合に引き寄せられ、オルガナイザーとして働くうちに、ストックヤードについてさらに詳しくなった。警備隊の隊員とも始終顔を合わせ、同じバーで酒を飲むこともあっただろう。そんな連中のなかに、組合運動に抱いていた理想を失った人物がいるとしよう。赤の思想も捨ててしまった。そこで、自分のためになることをしようと考える。いつまでも若くはいられないからだ。ニュージェンツが大量のペントバルビタールを購入したと聞いて、アイデアが浮かんだ。楽に金になると考える一方で、食肉加工業界への憎しみを表面化するチャンスでもあると思った。大物、小物含めて、業界の人間全部を憎んでいた」

「一七三支部には知り合いがいます。事件に直接関係のあることは聞き出せなくても、何かわかるかもしれない。でも、二人目の容疑者は誰なんです？」

「ニュージェント本人だ。頭脳があり、ストックヤードを知っていて、事業をやめたがっていた。保険金が欲しかったし、ウィネトカに住み続けたかった。居心地の良い家に住み続けるためなら、人間、何でもする。立派な大学を出ているんだ、薬物の知識などすぐに仕入れられただろう。善悪じゃない、要は経済学の問題なのだ」

「おそらく、オスカー・ベントリーが助力したのでしょう。彼が実行役ですから」

「今夜、それを探ってみよう。じゃあ、地図に戻って、俺がどうやってこの仕組みを解き明かしたか教えてやろう。いよいよお楽しみの時間だぞ」

31

これから徐々に欠けていく、くすんだオレンジ色の半月が南西の空にかかっていた。男を撃った夜の月は骨を思わせる白い光だったが、今夜はどちらかといえば古い写真に似たセピア色で、その光を浴びたものには鮮明で明確なものは何一つなかった。影はどれもぼんやりとしており、救いを運んでくる風も吹いていなかった。シカゴ市内は殺人的な暑さで、虫の大群が大気のなかを泳ぎまわっていた。

二人はスワガーの車をハルステッド通りと四十三番街の角に停め、歩いてその区域を横切った。全国に展開する三大食肉加工会社は遠く離れていたし、メインゲート近くにあった二軒の有名なレストラン、二軒のホテル、それに円形劇場はすべて焼失していたため、お祭り騒ぎの酔っ払いや夜勤の労働者が迷い込んでくる恐れはまずなかったから、午前三時四十四分の四十三番街はゴーストタウンのような雰囲気を漂わせていた。牛とその糞の強烈な臭いと、火事と焼け跡の臭いが混ざり合い、ひどい悪臭になってむっとする大気に閉じ込められていたので、スワガーは戦争で使ったガスマスクを持ってくればよかったと思った。だがそれを除けば、この一・五キロ四方の内側の通りは、セメントが流行《はや》る前の古い都市によくあった一画のように見えた。木造建築には、職人の誇りと繊細さがあふれた装飾が施されていた。柱や手すりが建物の美しさを引き立てるように複雑に作られているせいで、柔らかな月光が生み出した影がいたるところにあり、全体が光と闇のネットワークを形づくっていた。内部に明かりのある建物は一つもなかった。遠くに、牛がぎっしり詰め込まれた家畜置き場がある気配がした。牛たちが身じろぎしたり、うなり声を上げたり、分類不能な喉の音を発したり、ときおり怒りと苦痛の叫び声を上げたりするのが聞こえてくる。血の臭いが漂う檻《おり》に閉じ込められるのは、さぞや不安をかき立てられる経験だろう。

スワガーとワシントンは所定の地点に達した。道路の向かい側、少し下がったところに、ゴールドバーグ・コーシャ・ミート・アンド・ピクルスの廃墟があった。かすかな月明かりのなかでかろうじて見える看板は、ところどころ腐食しており、〝ゴールドバーグ……ミート……ピクルス〟だけ読めて、その下にヘブライ文字が書かれている。建物の内部は暗く、屋根は瓦《かわら》の半分以上が失われているようで、窓のガラスは割れて、破片しか残っていなかった。人が住んでいる気配はなく、幽霊と思い出だけがそこで生きていた。裏手には家畜置き場と傾斜した通路があり、かつてはそこに上質の牛を集めて誘導路を上らせ、非ユダヤ教徒の区域と同様の処理——喉を切るやり方が一般的だった——をしてから、血を抜き、内臓を取り出し、吊し、半分に切り、米国内のデリカテッセン向けの製品に加工していた。違いはただ、ユダヤの人々には血がタブーであることだけで、そのため死骸の血を長時間かけて徹底的に抜いたうえに、切り分けた肉を水槽に浸けて、残ったわずかな血を抜くことまでしていた。そうした工程のために建物の内部にどんな特殊な設計が施されたかはわからないが、地下室か下層階に、肉の血抜き用の水槽が所狭しと置かれ、そのうえ、かつては顧客の好みにぴったり合う、歯ごたえのあるキュウリを一度に一トンも塩漬けするために使っていた大桶が並んでいるのはまず間違いない。つまりここは、食肉処理用の機械だけでなく、たとえいまは汚れ、錆《さ》びつき、空っぽであっても、桶が特徴の建物だった。

いや、もしかしたら桶は空っぽではないかもしれない。

「もう一度確認しておこう」と、スワガーが言った。

「俺は道路と線路を渡って反対側の家畜置き場の区域に移動する。四ブロック歩いて、通りの右手にある三十九番と四十番の家畜置き場のあいだの牛専用通路へ入る。それはアーマー社の大きな家畜置き場の一つにつながっている。そこには千頭の牛がいる。

俺はそこへ向かい……」

「完璧だ」

「ゲートの前で待機する。そして、あなたが来るのを待つ」

「ああ、それでいい。それで十分だ」

「保安官、本当に一人でやるつもりですか？　もしやつらの人数が多かったら？　俺が〝二挺拳銃〟と呼ばれているのには理由があるんですよ」

「俺は適材適所の人材配置をする。やるべきことを、やるべきときにやってもらうためにな。それに、これさえあれば勝負はほぼ互角だ」

スワガーは手にしているサヴェージ・ショットガンを叩いた。銃身とその下の筒型マガジンに五発の四号散弾の実包を装塡済みで、重量感があった。上着のポケットにはさらに十五発の四号散弾が入っていた。出発時間が来るまで、彼は武器の装塡の練習をした。安定した手と強い指、それに反復練習が不可欠だったが、いまでは一、二秒で排莢口の下にある弾倉の開口部に四発すべり込ませ、五発目を薬室に挿入できるようになった。あとはボルトリリースボタンをしっかりと押すだけでショットガンの準備が整い、必要であれば五発を燎原《りょうげん》の火のように素早く発射できる。

「あなたは一番危険な行動を一人でやろうとしている」

「これは俺のやるべきことだ。戦時中には何度も急襲作戦を指揮した。俺はこれが得意なんだ。怖くないし、待ちきれないくらいだ。だから、ほかの選択肢を考える必要はない」

「それでも光のことが心配です」

「懐中電灯ではなくロウソクを持っていくのは、懐中電灯では明るすぎるからだ。すぐにこちらの存在が知られてしまう。ロウソクはあたりを明るくするが、光線は出さず、ちらつきも不安定だ。遠くから光を見ても、それがあるのかないのか確信が持てない。たまたま俺は目がとてもいいんで、ロウソクの火だけで人より多くのものが見える。心配ないよ」

「そうであればいいですが」

「いいかね、ワシントン警官、もしわれわれのどちらかがこれを生き延びられなくても、涙を流す必要はない。それがわれわれの仕事だからだ。まあ、今夜の成り行きがどうなろうと、君と一緒に仕事ができて実に楽しかった。君は賢明で、緻密《ちみつ》で、忠実で、誠意がある。言うことない人物だ。礼を言いたいのはこちらのほうだ」

「あなたはいい人だ。こんなふうに、第四管区の黒人だけに影響を及ぼす問題に関わってくれたことには、いくら感謝してもしきれない。少なくとも俺はそう思う」

二人は握手を交わした。どちらも儀式張ったところのない人間だったから、それで十分だった。それぞれが異なる方向へ、異なる任務のためにきびきびと歩き出した。

スワガーは四十三番街を少し戻り、見張りがいないのを確認してから、デクスター・パークを横切り、二つの食肉加工場の隙間を抜けて裏手に出た。操業中のものもあったし、休業しているものもあったが、どれも建物の形状は同じだった。選ばれた牛が待つ家畜置き場、建物のなかへ続く傾斜した誘導路、そして反対側には、最終製品を列車か地元の卸売業者に運ぶトラックや馬車のための積み下ろし場があった。そうしたものの後ろを移動するには、フェンスをいくつも乗り越える必要があった。ところどころで、最終処理作業をなんとか免れた牛が現実には関心なさそうにぼんやり立っているのに出会った。ときおり、牛の言葉では何らかの意味を持つのだろうが、人間にはまったく意味をなさない音を発するものもいた。

最後のフェンスに達すると、スワガーはそれを乗り越えて、かつてはミート・アンド・ピクルスの本社だった建物の裏手に入った。ほかの建物同様、ここにも家畜置き場、誘導路、荷物の積み下ろし場があったが、ここは特に荒廃が進んでいるのが、暗闇のなかでもわかった。スワガーは積もった埃を踏みながら進み――シカゴでは干ばつが長引き、それが五月の火災をあおり立てる働きをした――次に誘導路を上った。

牡牛や若い牝牛が通れる程度の広い出入り口があるだろうと思っていたが、その予想は当たった。ただし、施錠されていた。スワガーはショットガンを地面に置き、ポケットから侵入のスペシャリストや保安官の多くが携帯している革製の容れ物を取り出すと、ピックの一本を選んでドアに顔を寄せ、ピックを鍵穴《かぎあな》に差して回してみた。前にも何度かやったことがあったので、道具の感触を通して、錠前のメカニズムと各部分を識別できた。それがすむと、ピックをもとの輪に戻し、別のものを選んで、そっと突いたり押したりをし始めた。錠前は頑丈だったが精巧なものではなかったので、てこの支点になるものを見つけて装置を開けるのに一分ほどしかかからなかった。建物に入り、ドアを閉めて施錠する。

外よりわずかに濃い闇に目が慣れるまで待った。まだ、ロウソクやマッチは必要なかった。へたに使うと夜間視力を台無しにしかねない。ある程度見えてくると、スワガーは前進を始めた。建物の内部は予想とはまったく違っていた。傾斜した誘導路の入り口の床はとても小さく、鉄格子がはまっている。下を覗くと、大きな桶の輪郭が見えた。言うまでもなく、掻き切られた牛の喉から噴き出す血を受けるためのものだ。そして、即死か、死にかけている牛は作業員の腕力と熱意によって、数メートル先の別の誘導路に押し込まれ、そこから下の階にすべり落とされる仕組みになっていた。

加工のそれぞれの段階に死骸を移動させるための、天井にワイヤーを張りめぐらせたローラー式のシステムは設置されていなかった。代わりに、死骸は傾斜した誘導路をすべり落ち、桶がそれを受け止めるようになっていた。桶には半分ほど塩水が満たされていた。落ちた死骸は数日間、塩水に浸され、残りの血を抜かれる。桶は全部車輪付きで、誘導路の出入り口まで移動できて、日々の作業の進行に合わせて随時交換する仕組みになっている。一定期間たつと桶はひっくり返される。水が流れ出て、牛肉が転がり出る。牛肉は加工され、胸肉《ブリスケ》は薄くスライスされ、熟成とスパイスによって魔法のように本物のコーンビーフに生まれ変わる。

スワガーは、目を慣らすために視線を泳がせた。頭に、ここで男たちが懐中電灯やランタンの光を頼りに、グリセロール、アルコール、ペントバルビタールを混ぜ合わせた溶液に綿パッチを浸して商品を作っている場面が思い浮かんだ。これぐらい地面より低ければ、深夜に誰かが近くに来ても、光が漏れ出て注意を引くこともない。だから、薬物もここに隠してあるはずだ。目を凝らして見まわしたが、箱や金庫、キャビネット、トランクのたぐいは見当たらなかった。しばらく待ってから、もう一度試してみた。そうしながら、中央のスペースを埋め尽くす桶の荒野を通り抜け、建物の一番奥へと移動した。それでもまだ、保管用の容器になるものは見つからず、その日の商品配布のために使われていた可能性のある控え室に続くドアもなかった。

スワガーは、できれば避けたかったことをやらなければならないと悟り、ロウソクに火をつけて、その揺らめく光で目的のものを見つけることにした。床にひざまずいてロウソクを取り出し、燃え上がるときのまぶしさから夜間視力を守るために目を閉じて、マッチを擦《す》った。マッチをロウソクの芯に近づけ、熱の鼓動が安定して大丈夫だと告げるまで待ってから目を開けた。食肉処理場の最下層にあたるこの階で、スワガーはもう一度瞳孔《どうこう》が広がるのを待ってから、目を見開いて何が見えるか試してみた。人の背の半分ほどの高さがある桶のあいだの空間が見えただけだった。影があちこちに伸びていた。ここには吐き気を誘う大地の湿り気をまるごと吸い上げたような、じめじめした洞窟《どうくつ》を思わせる不気味な悪臭が漂っている。できるだけ注意深く足を運びながら、一つの壁沿いを歩き切り、次の壁へ移動し、さらに三つ目の壁に沿って戻ってみたが、どこにも資材庫らしきものは見当たらなかった。最後に奥の壁が残った。だがそれを調べても、わかったことは何一つなかった。

くそっ！　これだけの労力をかけたのに空ぶりか。ドラッグ密売の痕跡はまったく存在しない。どこに隠したのだろう？　日々の真面目な仕事のようにゆったり行うわけにはいかないから、すぐに取りに行けて、処理が楽にできて、短時間で集中的に作業する環境が必要なのだが……

桶のなかだ！

それも、簡単に傾けられる桶でなければならない！

中身を床に広げて、二人が見張りをするあいだ、残りの二人が作業を行う。終わると、薬物は桶に戻され、男たちは上階に上がり、二人が商品を載せた車で去り、ほかの二人はこの一・五キロ四方の区域に立ち並ぶ家畜置き場や誘導路、通路の迷路へと消えていく……

スワガーはついにそれを見つけた。一番背の低い桶で、上の階にある荷物積み下ろし場につながる階段に一番近いところに置かれていた。実に理にかなっている。

そっと桶を傾けると、なかにあるものが動き、傾きが増すにつれて上蓋のほうにすべってくるのを感じた。やがて、中身がすべり出てきた。いいぞ、破損を防ぐために紙でくるんだガラス瓶を詰めた段ボールの箱だ。いいぞ、紙袋のなかには一センチ四方の綿パッチの束が大量に入っている。いいぞ、大きな茶色の薬用アルコールの瓶と、小さくて透明な薬用グリセロールの瓶。

そして最後に、六段に分けられた木箱が出てきた。それぞれの段は、貴重な積み荷である小瓶を保護するために段ボールで格子状に仕切ってある。木箱には〝アップジヨン・カンパニー、ニューヨーク州オルバニー〟と書いてあった。ドクロのマークは海賊か毒物のトレードマークだ。間違いなく、後者だろう。さらに小さな文字で〝ペントバルビタール、二十五CC、四百セット〟と記されている。いまのところ、最上段の三分の一しか使われていないようだ。まだたくさん残っている。放っておけば、この瓶が今後もたくさんの金を稼ぎ、たくさんの人間の死を引き起こすことだろう。

そのとき、はるか上方からドアが開く音と、男の声がもう一人にこう言っているのが聞こえた。「さあ、片づけちまおうぜ。俺はやりたいことがあるんだ」

三十九番と四十番の家畜置き場のあいだにある牛専用通路は、文字どおり何もないところだった。フェンスに囲まれた泥と土の区画が並び、牛がいるものもあれば、いないものもある。これだけのフェンスを作るのに必要な労働の痕跡があるだけで、それ以外に人類が存在することを示すものは何もなかった。そこは広大な星空の大聖堂の下に広がる平坦《へいたん》な土地で、文明の存在の証しとなるものは、周縁にようやく見えるだけだった。

おそらく北西方向に間違いないだろう、ワシントンの目にもループ内の高層ビル群が見えた。ほとんどのビルが、美しさと重要性を誇示するように儀礼用ガウンを連想させる照明に輝いている、一・五キロ以上離れているので、細部は欠けていたし、明るさも空に滝のように流れ落ちる星々と、沈みゆくオレンジ色のぼやけた月影を覆い隠すほどではなかった。それ以外の地平線上の三方向はどれも暗かった。この最も商業の盛んな街の、最も商業の盛んな一・五キロ四方の区域でも、さすがに夜明け前の一、二時間は商取引が休止されるのだ。

生命の存在を最も感じさせるのは、地面に立つ牛たちが発する音だった。前もそうだったが、モーと鳴く声はなく、うなり声、鼻息、ゴクゴクと何かを飲む音、げっぷ、おなら、低いうめき声、荒い息遣い、そしてときおり痛みの叫び声など、牛が立てると考えられる音が全部聞こえている。アーマー社の家畜置き場の大きなゲートの前に立つと、牛たちの密集度が感じ取れた。彼らはニュージェンツが扱う牛の世界の下層に属する哀れな不合格品と比べると、はるかに高級だった。筋肉質で重量があり、頑丈な体つきで、姿勢は堂々として横顔が気高かった。威厳ある無関心さと気だるさを漂わせて立っており、近づくなと世界に警告するのに、その存在感だけあれば十分と自信を持っているかのようだ。牡牛の角は長さも曲がり具合も様々だったが、先端が細身の剣ほど尖《とが》っているのは共通しており、一瞬で人間の内臓を引き裂く力を持っており、そんなものに近づこうとする人間は一人もいなかった。明日はどこへ連れて行かれるのかを知りながら、米国の腹を満たす役割を果たすことに名誉を感じて喜んでいるような様子すらあった。あるいは、そんなことはいっさいないのかもしれない。それは誰にもわからない。実際、その穏やかで大きな茶色の目を一年間見つめ続けても何もわからないだろう。ワシントンにもさっぱりわからなかった。

彼は警戒心を最高に高めてフェンスに寄りかかっていた。これからやるかもしれない射撃に備えて、ストレッチをして両手の筋肉を温めた。その日の午後に、二挺のヘビーデューティー・リボルバーを掃除して、潤滑油を塗っておいた。いつもながらに、その複雑さと精密さは魔術のような感じがした。厚さを増したフレームは、さらに強力な三八／四四カートリッジの爆発力を封じ込めるのに十分な頑丈さを持っていた。その高速弾丸は、骨に当たれば相手を地面に叩きつけ、骨を粉砕するだろう。象牙のグリップは見せびらかすためだけではなく、スミス&ウェッソンの標準的な木製グリップより体積が増し、ワシントンの大きな手にしっくり収まる。彼は自分の能力をよく心得ていた。腰のホルスターから抜いて、腰だめで撃てば、八メートル以内なら標的の中心点を正確に撃ち抜くことができた。

ワシントンは時刻を確認した。時計はゆっくりと時を刻んでおり、午前五時を過ぎたことを告げていた。今夜、何か成果を得られるとしたら、事はまもなく始まるだろう。深く息を吸うと、口が乾いているのがわかった。空気が淀んでいるのを感じて空を見上げると、遠くを飛ぶ飛行機が見え、耳に汽笛の音が届いた。ワシントンが先走るのはやめようと自分に言い聞かせた瞬間、ショットガンの実包が散弾を夜に撒き散らす、ティンパニを連打するような音が聞こえた。

いまか？

そう、いまだ。やつらが下りてきて態勢を整える前がいい。最初に動揺させれば、最後まで動揺したままだろう。

スワガーは、部屋の反対側にある金属階段を四人が降りてくる反響音に耳をすましながら、身を乗り出してサヴェージのトリガーガードの安全装置を外すと、すぐさまペントバルビタールの入った木箱に四号散弾を五発全部撃ち込んだ。トンプソン・サブマシンガンに似た発射音が、鼻にコカインを詰めたボヘミアンのサックス奏者の演奏を思わせる、猛スピードで何かを叩きつけるような不協和音となって響き渡った。五十センチの短い銃身と部屋の暗さのせいで、白熱した巨大な閃光がパッと花開く。立て続けに引き金をひく指の命令に従い、薬莢がまるで特急列車に乗っているかのように銃の内部を走り抜ける。火薬と散弾を失った空薬莢は、エジェクターによって目にも留まらぬ速さで次々と宙へ吐き出され、狂ったように回転しながら上へ下へとなって落ちていく。最高点に設定されていたミスター・カッツのコンペンセイターは、二十一個の鉛の塊の小艦隊を可能なかぎり広範囲に散らばるように誘導した。散弾は引き裂き、細断し、分解し、粉砕し、破壊した。一秒もしないうちに、木箱は跡形もないほどばらばらに砕け、ボロボロになった段ボールの残骸、空中に重たげに浮かぶ破片、砕けたガラス瓶、ベークライトの蓋だけが残った。致死性の液体がこの破壊跡にじわじわと浸み込んでいたが、スワガーは熱くなった銃を反転させると、弾倉にさらに四発込め（五発目は手間がかかるので省略した）、ボルトを引いて四発すべてを残骸に向けて発射し、粉砕作業を完成させた。ニュージェンツで働いていた人間は誇りに思っただろう。これはプロにしかできない最上級の粉砕作業だった。

それが終わると向きを変え、部屋の反対側で生じた混乱の音に耳を傾けた。不意をつかれた四人の警備員は、状況を把握し、判断ができるようになるまで、麻痺《まひ》したように立ちつくしていた。相手が動く前に、スワガーはもう一度装塡した。今度は一秒余分に費やして五発目の弾も押し込んだ。ふたたび向きを変えて身構えると、特に標的を絞らずに、五発全部を撃ち尽くした。さっきと同じく、雷鳴と稲妻と散弾のオーケストラをバックに、空薬莢が吐き出された。思ったとおり、散弾の雲のほとんどは桶に当たって跳ね返り、それぞれ勝手な弾道を描いて飛んだ。男たちはあとずさりした。跳飛弾が当たった者もいるらしく、全員がおびえ、ひどく狼狽《ろうばい》していた。そのうえ、目の前でフラッシュが続けざまにたかれたときのように、閃光に目がくらみ、耳が痛んだ。

スワガーは向きを変え、一番近い階段のところまで走り、それを這いのぼった。

「姿が見えたぞ」という声がして、一人が拳銃を撃った。

二十五メートル先を移動している目標に対して、暗闇のなかでリボルバーを使うのは、とうてい理想的な射撃条件とは言えない。弾は何かの金属に当たり、カンと音を立てて跳ね返った。すぐにまた、弾がスワガーのほうに飛んできた。狙い定めた射撃ではなく、おおよその方向に放たれたもので、どれも途中にある金属や木に当たって、すでに致死性の薬物で有毒化している大気のなかに破片を散乱させた。段ボールの切れ端、古い塗料、錆びた金属片、粉末、それにこの騒動で揺り動かされた昔の血液分子……

スワガーは最後の装填を行うと立ち上がり、連射して弾幕を張ってからドアを通り抜けて荷物の積み下ろし場に出た。そのまま地面に飛び降り、家畜置き場に沿って走る牛専用の通路を見つけて走り出した。おそらくほんの数秒で、敵は追跡を始めるだろう。追ってくるのは間違いない。

ワシントンはいまや準備ができていた。

さらに耳をそばだてる。また銃撃の音がした。今度は明らかに拳銃の銃声で、どことなくひ弱で、ショットガンの銃撃音の獰猛《どうもう》さに比べると、幼い少女の立てる音のように聞こえた。それにしても、少し時間がかかりすぎているようだ。想像もできないことが起きたのだろうか？　いつかチャールズ・スワガーの運も尽きるときが来るのは間違いないが、デリンジャーを倒した男が、無能な警備員が暗闇ででたらめに撃った弾で倒されたら、あまりにも悲しいではないか。

だが次の瞬間、夜空に向けて放った三発の十二番径弾の彗星《すいせい》で、スワガーが自分のいる場所とまだ生きていることを知らせてきた。戦いはいま、家畜置き場周辺の果てしない虚空《こくう》を走りながら撃ち合う銃撃戦に発展していた。銃声の挑発に反応して、さすがの牛たちもうめき声をあげ、動きまわる気配がはっきり伝わってきた。

ワシントンは、四十三番街に続く小道まで行って、向こうから何が近づいてくるのか見たいという強い衝動に駆られたが、ぐっと我慢した。スワガーが撃たれて、足を引きずり、助けを求めているのではないか？　彼を追いつめた警備員たちが有利な位置取りをして、全方位から遮蔽物《しゃへいぶつ》なしで射撃できる状況になっているのでは？　もしかしたら、スワガーはすでに撃たれて倒れ、警備員たちがそれを見下ろしているのかもしれない。

だが、この世界で何を信じるかと問われれば、ワシントン警官はチャールズ・スワガーただ一人と答えるだろう。食品加工地区のお粗末な警備員がスワガーを倒すとはとても思えない。そのとき不意に、件《くだん》の男の姿が目に飛び込んできた。スワガーは角を曲がりきるとくるりと振り向き、ショットガンを構えた。ワシントンは、一瞬のうちに五つの閃光を夜空に放たれるのを目にした。それがどんなものかはまだわからないが、二人が次の局面に入ったのは間違いなかった。

スワガーは虚空と閃光のなかを走り抜けた。普段は走ったりすることなどまずないのだが、今日は特定の原則に沿って振り付けが決められていたので、立ち止まって戦うことはせず、あちらへこちらへと回り道しながらエクスチェンジ・アヴェニューを横切り、広大な家畜置き場の区域に入るようにした。両側にはフェンスがあるだけで、唐突に牛の姿が見えたり、羊や、悪臭でそれとわかる豚が見えたりするだけだった。豚は大小問わず、ほかのどんな生き物よりも不快な臭いを発する。スワガーは、自分が撃たれることはないと確信していた。追っ手の武器はコルト・リボルバーだけで、それは近距離の日中用の武器であり、暗闇のなか、百メートル先を動く影を撃つにはまったく適さない。

ときおり振り返り、フェンスに身を寄せて何発か連射した。狙いを定めず、ただ漠然とした方向に。撃っているときは目を閉じて、夜間視力を保った。短銃身の武器が絹のような暗闇に火の玉を放つのを知っていたからだ。苦難とはとうてい言えないが、いまの状況を夢で見たことがあるような、あるいは記憶が蘇《よみがえ》ったような感じがした。一九一六年と一七年、カナダ軍の軍曹として何度か急襲作戦の指揮を取ったが、その多くは無人地帯の果てしない虚空を、敵の攻撃を受けながら疾走することで終わった。もっとも、今日のものはその喜劇的なバージョンと言えた。当時の銃撃は、経験豊富な銃手の操るドイツ軍のマクシム機関銃が繰り出した七・九二ミリ・モーゼル弾のうなる死の光線だったが、今夜の相手は警備員とそのおもちゃの拳銃《ポップガン》だけなのだ。

三十九番の家畜置き場に着くのに一年はかかったように思えた。右に曲がると、隣の四十番とのあいだに通路があるのが目に入った。そこはアーマー社の広大な家畜置き場の裏へと続いていた。スワガーは足を止めてしゃがみ込み、失った酸素を肺に取り戻すために深呼吸しながら、フェドーラ帽の位置を直した。帽子が少し右に傾きすぎていて、見た目が気に入らなかったからだ。

敵の姿が見えた。通りに広がり、執拗《しつよう》に迫ってくる。スワガーを捕らえて殺すつもりなのだ。ひと目見て、スワガーが自分たちの事業を破壊したこと、さらに悪いことに、自分たちの正体も、やったことも知っているのに気づいていた。次に何が起きるにしろ、自分たちの利益にはならないから、残された選択肢は殺すことだけだ。彼らは集まって何事か話し合ってから、スワガーのほうに近づいてきた。

「そこで止まれ！」と、スワガーは叫んだ。「銃を下ろして、フェンスを向いて立て。そうすれば、少なくとも今夜は生き延びられる……」

返ってきたのは銃弾だった。彼らの決断を物語っていた。

スワガーはサヴェージ・ショットガンを上方に向け、できるかぎりの速射で五発撃った。閃光が厚かましく闇を切り裂くと、十五メートルと離れていないところにいる敵が見えた。同じく、敵にもスワガーの姿が見えた。長いあいだ闇にふさがれた世界を通り抜けてきたあとでは、妙に親密さを感じさせる風景だった。

スワガーは身を翻《ひるがえ》して走り出した。相手のほうは彼の姿に気を取られるあまり、その牛専用通路に何があるかに注意を払わず、立ち止まって気を静め、酸素を補給しようとした。やがて前進を始めた。距離が縮まっているのを見て、ついに標的を捕らえたと信じて。

ワシントン警官は、近づいてくるスワガーを見つめた。

「まったく」と、スワガーは言った。「いい年をして走りすぎたな」

スワガーは深く息をつきながら、フェドーラ帽を脱いで、上着の袖で額の汗をぬぐった。

「来ましたよ」と、ワシントンが言った。

スワガーは振り返った。警備員たちが拳銃を構え、帽子をしっかりとかぶり直して、牛専用通路の入り口に肩を並べて立っていた。牛で混み合ったアーマー社の家畜置き場に歩いて入ろうとする人間はいないから、スワガーに逃げ場はないと考えているのだろう。なかへ入れば踏みつぶされるのは確実だからだ。

「さあ、連邦捜査官。捕まえたぞ。商売を台無しにされたアイルランド人の怒りがどんなものか見せてやるぜ」

「確かにそうだな」と、スワガーが叫び返す。「これからが怒りの時間だぞ、アイル《パデ》ランド《ィ》人。おまえらはたっぷりそれを味わうんだな」

そう言ってから、ワシントンのほうを振り返った。「準備はいいか、若いの」

「待ちくたびれたぜ」が、ワシントンの答えだった。

二人は肩を並べて歩調を合わせ、銃を構えて牛専用通路を歩き始めた。

「くそっ！　二挺拳銃の黒人がいやがる」

警備員たちにも、重々しい着実な足どりで歩く二人の姿がはっきりと見えた。風のない夏の日のように粛々《しゅくしゅく》と、帽子をまぶかにかぶり、口をきつく引き結び、厳しい目つきをして近づいてくる。いくらか薄れ始めた闇のなかで、カウボーイの死神が歩いているように見えた。

「やつら、俺たちをここに誘い込んだんだ。俺は抜けるぜ！」

「しゃきっとしろ、ジャック！　こっちは四人で、向こうは二人だ。これだけ近ければ、目をつぶってたって当たるぜ。あとは度胸だけだ。アイルランド人の度胸を見せるんだ。どうやっても外せないほど近づいてやれ。銃も、弾もこっちのほうが多い。終われば、たっぷり退職金をもらって、ここからきれいさっぱり抜け出せる。明日になったら、例の男のところへ行って、やつが俺たちから巻き上げたものを取り返す。俺たちをたれ込むこともできなくしてやる」

「道を空けろ、俺の立派な若造《フォアー・バラー》ども！」

一歩近づき、さらにまた一歩。

距離は十メートル少々。

相手の鋭く細められた目が十分見えるほどの明るさ。

もはや演説も、呪いの言葉も、論評もない。

それはほんのひと時の静寂で、次の瞬間、悪魔が早めの朝食を取りに立ち寄ったかのように、地獄の扉が大きく開け放たれた。

スワガーは相手の手の輪郭が一瞬ぼやけるのを見て引き金をひいた。自動的に薬莢の殻を脱いだ鉛の塊が閃光とともに銃口を飛び出し、相手の一人の突き出た腹に強烈な一撃を喰らわせた。スワガーは素人ではないから、倒れかけてたたらを踏む男に時間を無駄に使わず、すぐに左に向きを変え、二発が一発のように聞こえるほどの速射を次のアイルランド人《パディ》の胸の上部と喉の下に命中させた。全部、相手が一度も引き金をひかないうちに起きたことだった。

そのわきでは、ワシントンが頑丈な右手の力をすべて引き金に集中し、ダブルアクションで百五十八グレインの高速鉛弾を敵の腰骨に撃ち込み、骨を粉々にした。その十分の一秒後に到達した次の弾は相手の左心室を破壊した。最後まで立っていた男がようやく最初の一発を放ったが、反動で銃口が上向きになり、弾は空高く飛び去った。男があわてて態勢を立て直そうとするあいだに、ワシントンの高速弾が男の頬骨を三つに砕き、悪臭の漂う大気のなかに脳組織を飛び散らせた。鼻をつく強烈な硝煙の臭いが、動物の糞尿の臭いと支配権を争い始めた。煙は渦巻き、漂い、隠れ場所を探した。耳が鐘を打っていた。目は強く、素早くまばたきを繰り返し、銃口で燃え尽きた火薬の豪奢《ごうしゃ》な光によって失われた夜間視力を取り戻そうとしていた。

「無事か、ツー・ガン？」

「穴は開いてないと思うぜ。保安官、あんたは？」

「俺は大丈夫だ。新鮮な空気と、バーボンと、タバコが欲しい。必要なのはそれだけだ」

「よし、で、これからどうする？」

「通報すべきだろうな」

「もっといい考えがある。さっさと一杯やりに行こうぜ」

「賛成だ」

ワシントンはスワガーを案内して牛専用の通路を戻り、アーマー社の家畜置き場のゲートまで行った。

「じゃあ、あんたは道を空けてくれ」と、ワシントンは言った。

スワガーはフェンスに上った。

するとワシントンがゲートの掛け金を外し、大きく開け放った。それでもしばらく、牛たちは気づく気配もなく、何が起きているのかわかっていないようだった。もう少し賢くなれと彼らを責める者はいなかったし、誰も彼らに駆け引きを教えたこともなかった。放っておけば、いずれ気づいて、一頭、二頭と外へ出てくるかもしれないが。そこでワシントン警官は二挺目の銃を抜き、撃鉄を起こし、低くかかるオレンジ色の月に向けて、弾倉が空になるまで連射した。

銃声がしたとたん、電流を流したように、一瞬で牛たちが反応し、本能へ立ち戻った。彼らは突進を始め、開かれたゲートの一番近くにいたものが自然に導き手となって、すべての牛が必死の逃避行を始めた。恐慌状態で、太い脚と鋭い蹄《ひづめ》を全力で動かし、大量の埃と糞と藁を巻き上げながら、銃声の呪いから逃れるための突進が続いた。ぼんやりとした無気力状態から全速力の行動への移行の速さは、動物行動の奇跡の一つで、人間にはとても真似できない。まるで別の生物種になったかのように、すべてを消費し尽くす逃走のドラマに没頭している。彼らの心には——心があるとしてだが

――ほかの何もなく、ただ即時の逃走という共通のメッセージがあるだけだった。
牛たちは一体となって四つの死体に衝突した。彼らの知覚はごく狭い範囲に限られており、それ以外のものを認識しなかった。ここで生じた破壊はどれも、パニックを起こして逃げまどう六百五十キロの体重を動かす筋肉質の脚が全力で駆け抜ける際に引き起こされる損傷だった。四つの死体は激しく踏みつけられ、その過程で骨が粉々になった。死体は駆動する四肢に押しつぶされ、蹄の縁で切り裂かれ、もぎ取られ、砕かれた。暴走のエネルギーをまともに浴びた肉と骨は、熱いナイフにすくい取られたバターのようになった。

スワガーとワシントン警官が車に戻ったときは、すでに夜が明けていた。背後では、囲いを逃げ出した牛の群れをめぐって緊急事態が発生していた。もっとも、いったん解放されると、牛たちにはそれ以上逃げる気はなかった。まるでおしゃべりでもするかのように、一頭、また二頭と足を止めて顔を寄せ合っている。

二人は荒い息づかいのまま休息を取り、それぞれが言うべきことを思いつくまで黙り込んだ。やがて、スワガーが口を開いた。「君の車まで送るよ」

「これで全部終わりですか、保安官？」

「まだ一人残っている」

「あなたが対処するんでしょうね」

「ああ」

「教えてくれますか……」

「いや。もし知ってしまえば、ワシントン警官、いつか無邪気に口にしてしまうかもしれない。そうすれば、どこかの有力者の耳に入る可能性がある。この商売がどのレベルまで黙認されていたのか、誰が利益を得ていたのか、どの程度仕返しをしたいと考えるか、われわれにはわからない。だから、そっとしておくのが一番だ」

「保安官、牛たちが通ったあとの通路を見ましたか？」

「ああ、見たよ。あまり見るものはなかったがな。たくさんの牛が立ち尽くしていた。そして通路には、かつて人間だったと思われる断片があった」

「そうです」と、ワシントン警官は言った。「そう、私はあそこで正義を見ました。シカゴにはあまり存在しない正義が、今夜はこの三十九番と四十番の家畜置き場のあいだにほんの少し存在したのです」

32

空気は重く淀んでいた。闇がすべてを覆い隠していた。雲は泣いているようだった。肌がチクチクと痛んだ。インディアンヒルでのゴルフのプレイも、ウィネトカの堂々たる栄光も、いまや遠い過去のものになった。

「ねえ、サディアス」と、マージョリーが言った。「あの刑事から電話があったわ。正午すぎに立ち寄るそうよ。もう少し訊きたいことがあるんだって」

サディアスは微笑んで妻に礼を言い、階段を上がった。靴下の引き出しの隠し場所から拳銃を取り出して、手順を確認する。頭に持っていきながら、親指で撃鉄を起こし、カチッと収まる音が聞こえたら、銃口をこめかみに押し当て、引き金に軽く触れる――たったそれだけですべてが、永遠に終わる。

これまでも何度となくそのことを考えてきた。いまもう一度、最初から考えてみる。これが最善だ。逮捕はなし、スキャンダルもなし、家族の不名誉もなし。話題にはなるだろうが、せいぜい一日か二日でそれも終わる。法廷でみじめにめそめそするような、長引く苦難よりはずっとましだ。裁判になれば、自分には死刑囚の死から利益を得た金持ちの殺人犯という役が割り当てられるだろう。たぶん新聞は死刑囚のほうを、たまたま悪事をしたが、その後、資本主義の祭壇で殉教した天使と書き立てるだろう。共産主義者《アカ》たちはその説を鵜呑みにして騒ぎ立てるはずだ。身内の者も自分を見捨て、監獄か、もしかしたら絞首台へと追いやるかもしれない。子供たちは姓を変えることになるだろう。ニュージェント家の血筋は途絶えるのだ。

　スワガーの車が家の前に停まるのを見て、サディアスは妻に言った。「おまえ、念のために言っておくが、私がどれほど君と子供たちを愛しているかを、それに何もかも君たちのためにやったことであるのをわかってほしい」もちろん、それが完璧な真実というわけではないが、ほかに何と言えばいいのか？

「サディアス、どうしたっていうの、いったい何の話？」

「仕事で不正が行われたんだ。私がその責任を負うかもしれない。私は君が思っているほど完璧な人間ではないのでね」妻はもちろん、完璧な人間などと思っていなかった。これもまた、もう一つの神話だ。「というより、私には大きな欠点がある」これは本当だった。

戸惑う妻を置き去りにして、サディアスは玄関に行くと、ノックに応えてドアを開けた。前に来たのと同じ刑事だった。厳しい顔つきで――たぶんバプテスト派の信者だ――足と胴体と腕がどれも長く、帽子をまぶかにかぶっている。おそらく自分は多くのものを見て、相手には少ししか自分を見せないためだろう。前と同じ夏用の淡色のスーツを着ていたが、スーツはデパートの棚にかかっていたときよりもかなりくたびれていた。

「刑事さん、どうぞお入りください」

「ありがとうございます、ミスター・ニュージェント」

「お座りください。何があっても覚悟はできています」

「ええ。なるべくお手間を取らせないようにしますよ」

「弁護士を立ち会わせるべきでしょうか？」

「いいえ。必要ないでしょう。単純明快な事件ですから」

「ええ、そのとおりですね」と、サディアスは言った。

「もう一度、火事があった日の話をお訊きしたいのですが」

「すみません、何の話ですって？」

「火事ですよ。あなたの会社と家畜置き場が焼けた五月十四日の件です」

「ああ、もちろんです。何か法的な問題でも生じたのでしょうか？」

「あなたが何かご存じなら話は別ですが。かなり詳細に調査を行いましたが、おかしなところは一つもないようです」

「では、私に何をお訊きになりたいのですか？」

「放火調査官の話では、あの火災で八百万ドルの被害を出たのに、わずか一人の犠牲者ですんだ理由の一つは、あなたが従業員を迅速《じんそく》かつ整然と避難させ、両側にあるパルバライズド・マニュアアとウェスタン・ポークに連絡をしたからだそうです。二つの会社もすみやかに従業員を避難させることができた。そのため、火事がエクスチェンジ・アヴェニューを焼き尽くしたとき、あのあたりは空っぽの状態だった」

「実は、社で棚卸しの準備をしていたところでした。だからみんな、いつでも動ける状態だったのです」

棚卸しか、とスワガーは思った。興味深い。

彼は先を続けた。

「公式には、出火は午後四時十五分だったとされています。ところが、あなたがたもパルバライズドの人たちも、四時十五分前に建物を出て、エクスチェンジ・アヴェニューまで移動していたという。少なくとも何人かそう話してくれた人がいます」

警察は保険金詐欺の容疑で私を告発しようとしているのだろうか、とサディアスは思った。突然、まったく話の先行きが見えなくなった。四十五番街の高架下に捨てられたタバコ以外、出火原因は何一つ見つかっていないと言っていたではないか。

「出火の正確な時刻は知りません。言えるのは、電話がかかってきた時刻だけです」

「電話？　何の電話です？」

「秘書が電話を受けたんです。四時十分頃だったと思います。秘書はひどく動揺し、あわてて飛び込んできました。火事が起きると予告されたからです。かけてきた人間は、ただちに会社を出ろと言ったそうです。窓の外を見ましたが、何も見えなかった。もちろん牛は見えましたが。こういうことは真剣に受け止めなければなりません。特に暑く、乾燥して風の強い天気のときは。あそこはとても燃えやすい場所ですから」

「なるほど」と、刑事は言った。

「秘書の電話番号と住所はいつでもお教えしますよ。頼りになる人です。二十五年間私のもとで働いてきて、一度も間違いを犯したことがない。ヴァージニア・スタントンが火事が起きると言えば、火事が起きるのです。無視するのは愚か者だけです」

「彼女に話を訊く必要があるかもしれないな。彼女はその声の主が誰かわかりましたか？」

「いいえ。いま考えてみると、妙ですね。彼女は、電話の主がよだれを垂らしていたと言ったのです。口に唾液《だえき》がたまっていたんでしょうか。発音が不明瞭《ふめいりょう》だったのか、吃音《きつおん》があったのか、あるいはその両方だったのか。酔っていた可能性もありますね。ヴァージニアなら、もっと詳しい説明ができると思います」

「いえ、いまのお話だけでもとても役に立ちます。では、これくらいで。大変助かりました」

刑事は立ち上がった。

「今日いらしたのは、別の件だと思っていました」サディアスは自分も立ち上がりながら、思わずそう言っていた。「取引先の一つである刑務所で死亡事件があったものですから。そのことを訊かれると思っていました」

「訊きたがる者もいるかもしれないが、それを訊くのは俺の仕事ではない。その件については何も知りません。確かに、そちらの取引先のことや不正行為の可能性についてては、うちの支局のいくつかに通達を出しました。悪いが、それが俺の仕事なので。ところで、その件に関してこんなものがあります。シカゴの新聞は取り上げなかったが、あなたには興味があるかもしれない」

刑事は上着のポケットから封筒を取り出した。サディアスが開いてみると、なかに一九三四年八月十九日付のバンゴー・デイリー・コール紙の切り抜きが入っていた。

ショーシャンクの死亡事件、トマトシチューの缶詰のサルモネラ菌が原因と判明

バンゴー（UPI）——三人の医師からなる州の調査委員会は、先月ショーシャンク刑務所で起きた囚人七人の死亡事件について、人気のある牛肉シチューの夕食と一緒に、誤って囚人に提供されたトマトシチューの汚染された缶詰が原因の食中毒によるものと結論した。主任検視官のウィリアム・ライト医師は次のように述べた……

「今日は誰かを逮捕したい気分ですが」と、スワガーは言った。「それはあなたではないらしい。ほかを当たるしかないな。いずれにせよ、ご協力ありがとうございました。午後のゴルフ、幸運を祈ります」

「ええ」と、サディアスは言った。無愛想な警官でもときには冗談を言うことがあるのをすっかり忘れていた。「ええ、はい、ええ。やれやれ、何と言えばいいのか。ああ、なんとも素晴しいニュースだ。どうです、これを持っていきませんか？　誰でも

いいから、おまわりさんにあげてください。身を守るために買ったものですが、いまでは持っているのが怖くなって」

サディアスが差し出したのは、ひと目見てコルト・ディテクティブ・スペシャルとわかるものだった。スワガーはシリンダーを開き、なかで六つの真鍮の輪が輝いているのを確かめた。

「本当にいただいていいのですか？　どこへ持って行けば役に立つか、心当たりがあります」

「ええ、どうかこの忌々しいものを持っていってください。私に銃は必要ありません。ここはウィネトカなんですから！」

男は弾むような足どりで車に向かっていた。年の割に元気がよく、きちんとした身なりで活気に満ちていた。誰にも俺の邪魔はさせないぞ、そう言っているようだった。実にエネルギッシュだ。白い歯、禿《は》げかけた頭に浅く載せたフェドーラ帽。チャーリー・オリヴァー、食品医薬品局上級捜査官、ユニオン・ストックヤード・アンド・トランジット社担当。

スワガーはオリヴァーが車に乗り込むまでじっと見守り、すかさず助手席側に回ってドアを開け、乗り込んだ。

「やあ、チャーリー」と、スワガーは笑顔で言った。「俺を覚えているかい?」

一瞬驚いた表情を見せたが、年配の男は冷静に答えた。「ああ、もちろんだ。私と同じチャールズという名前だったな。捜査局の人だね。確か、行方不明の薬物の件を調査していた。サディアス・ニュージェントに会いに行ったんだ。ペントバルビタールのことで」

「ニュージェントには何の不正もなかったことがわかった。薬物は火事が起きたとき、彼の倉庫にあったらしい。ほかのものと一緒に燃えてしまったよ」

「もっとうまく対処できればよかったんだが、スワガー捜査官。上司を巻き込んで騒ぎにしなかったことは感謝するよ。FDAは最近評判が悪いんでね。それに、私は三十五年近くストックヤードで働いて、あと数週間で退職だ。無事にここを抜け出られて、すごくうれしいよ。全員がそうできるわけじゃないからね」

「あそこの警備員たちのことは本当に残念だ」と、スワガーは言った。「ひどい最期だった」

「ここは実に危険な場所だ。そのことを理解していない人間が多い。私の妻でさえな。糞を踏んだと思った次の瞬間、二十五センチの角が腹に刺さっているか、あの連中のように泥のなかに押しつぶされる」

「オマリー、レーガン、ダンフィー、コナヒー」

「まるでボードビル芸人の名前みたいだな」と、オリヴァーが言った。彼は真っ白な歯をカチカチ鳴らした。「笑い事じゃないのはわかっているが……まあ、アイルランド人だからな、仕方がない。ウイスキー絡みの一件だった可能性もあるが、私から聞いたことは黙っていてくれ」

「心配するな、チャーリー。で、脇腹の傷は？　ちゃんと治ったか？　それほど深刻な傷には見えなかったがな。普段はもっとうまく撃てるんだが、あの夜は暗くて照準を使えなかったんだ。あんたは実にラッキーだった。それだけは間違いない」

「私は……私は……何を言ってるんだ？　私には――」

「あんたとアイルランド人二人で待ち伏せしたんだろう。オマリーとレーガンかな？　ほかの二人はゴールドバーグのビーフ・ピクルスに戻って、翌日の仕事の準備をしていた」

「もし、あんたが……」

「そうとも、今度の件を全部まとめあげるのは、よほど幅広い知識を持った人間でなければならなかった。きっと、そんじょそこらにはいない人物だ。三十五年ここで働いた人間しか知り得ないような、ストックヤードのすべてを知っている。牛の通り道、家畜置き場、近道、行き止まり。同じ年月、一緒に働いてきたから、ストックヤードの警備員とも親しい仲になっている。彼らはその人物の用心棒役で、戦利品があるときはいつも分け前を与えていた。それに、薬物とその使い道についても知っていなければならなかった。四百CCのペントバルビタールを適切に用いれば、十万ドルの現金に変えられることを理解している必要があった。あんたは州南部の大学で化学の修士号を取得している。調べさせてもらったよ。それだけでなく、第四管区にコネがなければならなかった。だから、あんたのかかりつけの歯医者がラルフ・ヒューズだったことがとても役に立った。ヒューズが作ってくれた入れ歯はさぞや立派なものだったんだろうな、チャーリー？　この仕事には、一日限定の売人として信頼できる、まともな人間が必要だった。ナイト・トレインの乗車券を売るのをまかせられる人間だ。それはヒューズ医師の患者リストからピックアップできた。簡単で、まとまった金が手に入る仕事だ。みんなに金が回る」

オリヴァーは何も言い返さなかった。歯をカチカチ鳴らしながら、宙を見つめている。

「そのうち、ニュージェントが棚卸しをすることを耳にして、あんたは動かなければならないと思った。薬物が紛失しているのがわかって警察が呼ばれれば大変な騒ぎになっただろう。俺が棚卸しのことを知ったのは昨日だ。それが、いままで欠けていたピースだった。ニュージェントが警察を呼べば、たとえアイルランド人の頭でも、ペントバルビタールの紛失と黒人の死を結びつけるにちがいない。そこで火事の計画が浮かんだ。

この前会ったとき、あんたは刑務所での死亡事件がニュージェントのせいであると俺に吹き込んだ。捜査を混乱させるためだ。金持ちの大物を七件の殺人で逮捕するという魅力的な誘いに、俺が抗《あらが》えないと踏んだのだろう。そうなれば、第四管区のささいな商売には関心をなくすだろう、と。残念ながら、俺はそんなふうには考えないんだ」

「証拠はないはずだ」

「これから俺が訪ねる法廷は証拠を必要としない。自白も、弁護人も。だから、俺はこう考えている。ヒューズが頬を銃弾にえぐられたとき、彼のやっていたことがばれる危険が生じた。そうなると、まだペントバルビタールはたんと残っているのに、あんたは事業を全部畳まなければならなくなる。そこであんたはヒューズを訪ねて、こう言った。『ラルフ、君は選ばなければならない。警察かマフィアのどちらかが、まもなく君のことを突き止めるだろう。どちらが相手になるにせよ、君は破滅する。もしマフィアのほうなら、君の身だけではすまず、奥さんや娘も巻き込まれる可能性がある。だから、もし家族を愛しているなら、ラルフ、すまないが今夜、湖で泳いでほしい。君のやったことは誰も知らないから、稼いだ金を全部そのまま遺せば、妻と娘は君がそうしてやりたいと夢見ていた暮らしができる』と。そうだろう、チャーリー？」

「彼は善良な人間だった。彼を巻き込んだのは、私のしたことのなかでも最悪だ。でも、彼の妻と娘はいまカリフォルニアで裕福に暮らしている。今度のごたごたから遠く離れた場所で」

「次がとどめの一撃だ、チャーリー。ラルフに電話したときも、ニュージェンツに火事を警告する電話をしたときも、あんたは入れ歯を外していた。だからよだれを垂らし、ろくにしゃべれない状態だった」

チャーリーは黙ったままだった。

「あんたがラルフ・ヒューズにしたのと同じ提案をしよう」と、スワガーは言った。

彼はコルト・ディテクティブ・スペシャルを取り出し、ダッシュボードのうえに放った。

「あんたが提案を呑まなければ、知り合いのイタリア人たちに一切合切話すつもりだ。彼らはナイト・トレインで稼いだ金は自分たちのもので、君を泥棒だと考えている。手加減はしないだろう。見せしめが必要だからな」

チャーリーはごくりと唾を飲んで、スワガーのほうに向き直った。

「大目に見てもらえんだろうか？　商売の相手は黒人だけだ」と、彼は言った。「黒人だけにとどめて、ほかには手を広げなかった。やつらは動物みたいなものだ。死んだところで、誰も気にしやしない」

「君に手加減はしないぞ、チャーリー」と、スワガーは言った。「たくさんの人間があの乗車券を買って死んだ。わかるだろう？　それを気にするやつもいたってことさ」

スワガーは車を降りて、歩き出した。百メートルほど離れたところで銃声が聞こえた。彼は振り返らなかった。

訳者あとがき

二〇二四年一月に原本が英米で発売されたとき、いまかいまかと新作を待ちわびていたハンター・ファンはさぞや驚いたことだろう。これまでの作品とまったく違っていたからだ。

簡単に言えば、この新作は長めの中篇（短めの長篇とも言える）三作で構成されている。しかも第一部がチャールズ、第二部はアール、第三部はボブ・リーと、それぞれスワガー一族三代の男が主人公を務め、スワガー・サーガを一望できるかたちになっている（なぜか四代目レイ・クルーズは割愛されているが）。パブリッシャーズ・ウィークリー誌が「既存のファンはこの中篇三作に詰まったキャラクターの発展とアクションをたっぷり楽しめるし、新しい読者にはスワガーの宇宙への最良の侵入地点になるだろう」と評しているのもむべなるかな。

原題は *Front Sight*。いわゆる「照星」と呼ばれる銃の照準装置で、銃口に近いほうをいう。ちなみに、目に近いほうは「照門」。

日本語版では、三作を前・中・後の三巻に分けてお届けすることになった。ストーリーは読んでいただくとして、ここでは舞台設定を中心に三作の内容を簡単に紹介しておこう。

第一部にあたる本書は、一九三四年のシカゴが舞台のチャールズ・スワガーの物語。同じ年、悪名高きジョニー・デリンジャーを射殺して意気上がる捜査局（言うまでもなく、実際に殺したのがチャールズであることはおおやけにされていない。詳細は『Gマン 宿命の銃弾』参照）は次に、デリンジャーのギャング仲間ベビーフェイス・ネルソンを仕留めるために、似た人物がいるという通報のあった食肉加工地区《ストックヤード》にチャールズを派遣する。通報はガセネタで空しく帰ろうとしたチャールズは、突然ナイフを持った見知らぬ男に襲われる。咄嗟《とっさ》に射殺したが、その事件をきっかけに、ストックヤードで行われている巧妙な組織的犯罪と対決することになる。

第二部の時代設定は、第二次世界大戦末期の一九四七年二月。舞台は、タバコで有名な街、メリーランド州チェスターフィールド。街にふらりと現れた、ジョニー・チューズデイと名乗る男が二年前にこの街で起きた銀行強盗の真相を調べ始める。それは凶悪な強盗団の犯行で、銀行の頭取と警備員が射殺されていた。ところが二年もたって捜査を始めたチューズデイは、なぜか市外から呼ばれた荒くれたちに次々と襲われる……。チューズデイの正体は最後に明かされるが、その描写を読めば多くの方は最初から察しがつくだろう。

第三部は、シリアルキラーの犯行と思われる残虐な連続女性殺人事件に揺れる一九七〇年代末のアーカンソー州ホットスプリングズ。ベトナムから帰還して鬱々とした暮らしを送るボブ・リーに思いがけない依頼が来る。衰退した街の立て直しが行われているいま、連続殺人で評判を落とすのはまずいと判断した街の有力者たちが、ボブ・リーに内密の捜査を行って犯人を捕らえてほしいと頼んできたのだ。気乗りしないまま捜査を始めたボブ・リーだが、意欲も能力もない警察のせいで手がかりがほとんどない難事件であることを思い知らされ、しかもまもなくまた殺人が起きる。

三作とも独立した物語で、ストーリーに直接のつながりはない。だから、似てはいるが少し個性の違うスワガー一族三代の男の冒険譚として、一作ずつ楽しんでいただければいいのだが、視点をいくらか変えて読むと、楽しさもさらに増すかもしれない。余計なお世話と叱られそうだが、思いつくままにいくつか「視点」を紹介しておこう。

独立しているとはいえ、やはりサーガだけに、細かく見ると祖父、父、息子のつながりをほのめかす箇所がさりげなく挿入されている。たとえば、本書でチャールズが妻に電話をかけるシーン。話のなかに出てくる二人の息子（もう一人は三代目と同じ名前を持つボブ・リー）の一人アールは海兵隊に入り、ニカラグアに出征しているらしいが、この出征はいわゆるバナナ戦争と呼ばれるもので、米国政府がユナイテッド・フルーツなど米企業の事業の妨げとなる革命運動を抑止するために中央アメリカ諸国に対して行った軍事介入の総称である。ちょうど本書の物語が展開する一九三四年に、フランクリン・ルーズベルト大統領の善隣政策によって終結している。おそらくアールもほどなく帰国したことだろう。

また、第三部の舞台ホットスプリングズは、アール・スワガー三部作の第一作『悪徳の都』の舞台である。もともとは名称どおり温泉を中心にした街で保養都市として一世を風靡《ふうび》したが、十九世紀後半からギャンブルが盛んになり、それに伴ってギャングの抗争が激化、街が荒廃した。『悪徳の都』のアールは、街を浄化するために検事が中心となって結成した摘発部隊の訓練官として影の実力者と対決するのだが、同時に、謎の死を遂げた父親チャールズの過去の一端が明らかにされ、さらに事件決着直後にボブ・リーが誕生するという三代がつながる重要な舞台が、このホットスプリングズなのだ。

それとは別にこの三作に共通するのは、どれにも主人公に助力する魅力的な相棒《バディ》が登場する点である。第一部には、独立心旺盛で白人にへつらわない黒人警官、二挺《ツー》拳銃《ガン》のピートことシルヴェスター・ワシントン（ツー・ガン・ピートは実在した人物で、一九三〇年代から五〇年代にかけてシカゴ市警に勤務し、二万件を超す逮捕を行ったとされる）。第二部では、第二次世界大戦で看護兵として多くの兵士の命を救った黒人、ニック・ジャクソンがあわやというところで意外な力を発揮して、チューズデイを支援する。第三部は〝バディ〟ではないが、いわくありげなクラブ・ホステス、フラニーが登場してボブ・リーの捜査に協力する。

強さという点では文句の付けようのないスワガー一族の男たちだが、ともするとあまりに強すぎて人間離れして見えることがある。それを補うように、これら〝バディ〟たちが主人公から人間味が引き出す役目を果たしている。これまでの長篇のほとんどに忘れ難い〝助演者〟が出ていることを考えると、これもハンターお得意の創作テクニックなのだろう。

もう一つ付け加えれば、シリーズの既刊のなかにもたびたび出てきて、読者を楽しませてくれたハンターのいたずら心が今回も十二分に発揮されている点も見逃せない。ほんの少し例を挙げれば、まず第一部で囚人の大量死亡事件が起きる刑務所の名称の「ショーシャンク」。映画フリークでなくても『ショーシャンクの空』はご存じだろう。ところが、「ショーシャンク」という名称の刑務所は現実には存在しないらしい。モデルはあるようだが、原作者スティーヴン・キングの創作。それを平然と剽窃《ひょうせつ》(引用と言うべきか)しているのだから、ハンターがその名称を思いついてにやりとしている場面は容易に想像できる。

また、これから発売される第三部で、ホットスプリングズの有力者たちがボブ・リーに事件の捜査を頼む際に出した条件は、この州の司法長官は将来大統領の座を狙える有望な政治家であるから、その人物を絶対事件に巻き込まないこと、だった。その司法長官の名は、なんとビル・クリントン。その後の米国の政治史を考えると、今度はこちらがにやりとしてしまう。

このように、本書の持つ魅力は挙げていけばきりがないのだが、ここではこの程度にしておいて、あとは読者の方々に発見の喜びを味わっていただくことにしよう。

二〇二四年十月

◉訳者紹介　**染田屋茂（そめたや　しげる）**
1950年、東京都生まれ。おもな訳書に、ハンター『極大射程』『真夜中のデッド・リミット』『銃弾の庭』（以上、扶桑社ミステリー）、アルステルダール『忘れたとは言わせない』（KADOKAWA）、ポンフレット『鉄のカーテンをこじあけろ：NATO拡大に奔走した米・ポーランドのスパイたち』（朝日新聞出版）、ジンサー『誰よりも、うまく書く：心をつかむプロの文章術』（慶應義塾大学出版会）など。

フロント・サイト1　シティ・オブ・ミート

発行日　2024年12月10日　初版第1刷発行

著　者　スティーヴン・ハンター
訳　者　染田屋茂

発行者　秋尾弘史
発行所　株式会社 扶桑社
〒105-8070
東京都港区海岸1-2-20　汐留ビルディング
電話　03-5843-8842（編集）
03-5843-8143（メールセンター）
www.fusosha.co.jp

印刷・製本　中央精版印刷株式会社

定価はカバーに表示してあります。

ISBN 978-4-594-09800-1　C0197